Abgr...nd

Michael Kern

Abgrund

Text & Fotos: Michael Kern

Korrektur: Gisela Beumers

Bibliografische Information der Deutschen Nationalbibliothek:
Die Deutsche Nationalbibliothek verzeichnet diese Publikation in der Deutschen
Nationalbibliografie; detaillierte bibliografische Daten sind im Internet
über http://dnb.d-nb.de abrufbar

Herstellung und Verlag: BoD - Books on Demand GmbH, Norderstedt

ISBN: 9783839180693

Vorwort

Liebe Leserinnen, liebe Leser,

es freut mich, dass Sie sich für meinen Roman entschieden haben.
Er wird Ihnen hoffentlich genauso viel Freude bereiten, wie mir beim Verfassen.
Für mich ist dieses kleine Kunstwerk etwas ganz besonderes, da ich nach dem Tod meines Vaters in seinem Keller etwas fand, was ich längst vergessen hatte.
Als ich diesen Gegenstand in meinen Händen hielt, kamen mir sofort all meine Erinnerungen aus meiner Kindheit hoch und es dauerte nicht lange, bis ich auf die Idee kam, dies mit einer Geschichte zu verbinden.
Bitte verzeihen Sie mir, dass ich diesen Gegenstand nicht beim Namen nenne, denn Sie können sich sicherlich denken, dass ich nicht schon vorweg die Spannung lindern möchte.
Sie werden früh genug und wie immer zur richtigen Zeit wissen, um welchen Gegenstand es sich handelt.

Bevor es richtig losgeht, möchte ich an dieser Stelle noch einigen Menschen meinen Dank aussprechen.

Mein herzlicher Dank geht an meine Familie und an meinen lieben Schmusekater, die immer für mich da sind, wenn ich sie am nötigsten brauche.

Mein Dank geht an all meine Freunde, die mich immer unterstützen und mir Kraft geben, meinen Weg weiterzugehen.

Mein besonderer Dank geht an Gisela Beumers, die mir bei der Korrektur behilflich war.
Schön, dass es Euch gibt.

Doch nun wird es Zeit für eine kleine Reise.

Viel Vergnügen wünscht Ihnen Ihr,
Michael Kern

Inhalt

1

Der Abgrund der Klippe lag vor ihm wie ein offenes Buch.

Wie lange hatte er auf diesen Augenblick gewartet, bis er sich letztendlich dazu überwinden konnte, hierher zu kommen.

Und das, obwohl diese Klippe nur 20 Minuten Autofahrt von seinem Wohnsitz entfernt lag.

Mittlerweile war es Spätsommer und die Temperatur war immer noch sehr angenehm.

Es war bereits Abend und die Sonne tauchte langsam in ihr rotes Kleid.

Das Wetter war himmlisch schön an diesem Tag, genauso wie dieser Ort, an dem sich Jack befand. Ein wolkenloser Himmel verschönerte den Abend und das Rauschen der Wellen war in der Ferne leise auszumachen. Jack trat vorsichtig an den Rand der Klippe und schaute in die Tiefe.

Das Knistern des Grases war unter seinen Schuhen deutlich zu vernehmen.

Einen kurzen Augenblick später erreichte ihn der Geruch des Grases, der ihm durch eine leichte Brise zugeweht wurde. Der Abgrund erstreckte sich etwa 80 Meter in die Tiefe, bis am Grund der Bucht eine Reihe Steine die brausenden Wellen auffingen.

Nachdem er eine Weile in die Ferne sah und das Meer beobachtete, setze er sich vorsichtig an den Rand der Klippe und zog seine Schuhe aus.

Anstatt sie neben sich zu stellen, warf er sie in einem hohen Bogen die Klippe hinunter.

Sein Blick verfolgte ihren langen Flug nach unten, bis sie auf den Steinen der Bucht aufschlugen und zwischen ihren Reihen verschwanden.

Die Schuhe sind hin, dachte er sich in diesem Augenblick mit einem breiten Grinsen auf dem Gesicht. Der Himmel lag immer noch in einem warmen rot gefärbten Umhang.

Jack versank förmlich in dem Anblick der Farben, die den Himmel schmückten.

Wie schön das Leben doch sei kann, dachte er sich.

Er lauschte nach dem Meer und den zahlreichen Möwen, die diesen Abschnitt der Natur rege belebten.

Nachdem er einige Minuten an der Klippe saß und den Ausblick genoss, stand er auf, drehte sich um und schaute den steilen Grashang hinunter. Inmitten des Hangs war ein kleiner Trampelpfad zu erkennen, der sich mit der Zeit gebildet hatte. Den Rest des Hangs überwucherten Pflanzen aller Art und als er seine Aufmerksamkeit auf die zahlreichen Blumen richtete, vernahm er sogleich ihren Duft. Dann wird es wohl Zeit, sagte er sich innerlich, und ging dem Grashang entgegen.

Inmitten des dicht bewachsenen Grashangs verweilte er plötzlich.

Um ihn herum wuchsen zahlreiche Blumen, die ihn nun fast fragend anschauten.

Zumindest durchströmte ihn dieses Gefühl, als er sie anschaute.

Sein Blick wanderte auf den Boden, wo er seine Füße betrachtete, die nur noch mit seinen Socken bekleidet waren. Ruckartig drehte er sich der Klippe zu.

Seine Beine rannten so schnell, wie es ihnen möglich war und am Rand der Klippe machte er einen Sprung.

Vor ihm erstreckte sich die Weite des Himmels und unter ihm ein tiefer Abgrund.

Der Weg ins Paradies, dachte er sich in diesem Augenblick.

Zumindest hatte er es sich so immer vorgestellt. Wellenförmig durchschoss ihn die Angst, die er am ganzen Körper zu spüren bekam. Er verkrampfte förmlich und hatte das Gefühl, gelähmt zu sein.

Ihm kam es fast so vor, als sei er einer dieser Steine, die er Früher gerne mal über die Klippe geworfen hatte. Der Wind zerzauste Jacks braunes Haar, als er im freien Fall den Winkel änderte.

Sein Blick richtete sich nach unten, dem Punkt entgegen, auf dem er aufprallen würde.

Er hörte das Rauschen des Windes, welcher sich nun anscheinend mit dem der Wellen vereinte.

Sein Gewicht verlagerte sich so, dass er nun kopfüber nach unten raste, mit dem Blick auf die Innenseite der Klippe gerichtet. Die Innenseite der Klippe bestand aus zahllosen Schichten aufeinander gereihter Steine.

Diese Klippe musste irgendwann einmal ein großer Berg gewesen sein.

Das Meer und die Zeit haben die Klippe anscheinend zu dem gemacht, was sie nun ist.

Mit jedem Meter, den Jack dem Abgrund entgegen raste, nahm das Rauschen des Meeres zu.

Sein Blick war weiterhin nach unten auf die Felsen gerichtet.

Er wusste nicht mehr, was er mehr verspürte, Freude auf das erhoffte Paradies oder einfach nur seine blanke Angst. Plötzlich vernahm Jack ein helles Flimmern im äußeren Bereich seines Blickfeldes, welches sich immer weiter zuzog, bis es sein gesamtes Blickfeld einnahm.

Im gleichen Moment zog sich die Geräuschkulisse um ihn zurück. Jack hatte das Gefühl, als würde er in einen weißen Tunnel fallen, der sich immer weiter um ihn herum ausbreitete.

In der Ferne machte er dunkle Punkte aus, die in einer unsagbaren Geschwindigkeit auf ihn zurasten.

Noch bevor er es richtig realisieren konnte, waren sie auch schon da.

All diese bekannten Bilder aus seinem Leben. Sie schossen aus dem Nichts hervor, verweilten für einen Bruchteil einer Sekunde vor seinen Augen und wurden danach gleich durch andere bekannte Bilder ausgetauscht.

Diese Bilder tauchten in einer immer schneller werdenden Reihenfolge auf, bis Jack plötzlich erkannte, dass die Bilder anscheinend chronologisch rückwärts vor seinen Augen auftauchten. Die Anzahl der Bilder schien sich zu reduzieren, wobei die Geschwindigkeit ihres Erscheinen immer noch sehr hoch war.

Hinter all den zahllosen Bildern machte Jack ein großes Bild aus, was auf ihn zusteuerte.

Das Flimmern der Bilder hatte nachgelassen und er schaute nur noch auf ein Bild. Es füllte mittlerweile so gut wie sein gesamtes Blickfeld.

Aus dem weißen Tunnel wurde langsam ein einziges Bild, in das er zu fallen schien.

Es war nicht irgendein Bild, sondern ein bedeutender Augenblick seines Lebens. In diesem Augenblick war es Jack möglich, seine Aufmerksamkeit für einen Moment auf seine Gedanken zu richten.

Er fragte sich einfach nur, was das alles zu bedeuten hat.

Doch noch bevor er die Möglichkeit hatte darauf zu antworten, tauchte er bereits in das vorhandene Bild ein.

2

Jack schaute sich um und erkannte, dass er vor dem Küchentisch seiner Eltern saß.

Vor ihm stand ein kleiner runder Kuchen, der rundherum mit Schokoladenmurmeln beklebt war. In den 1970er Jahren war dies gerade Trend, erinnerte sich Jack. In dem Kuchen steckten 6 Kerzen, was Jack darauf brachte, dass dies sein 6. Geburtstag sein musste.

Er schaute auf seine Hände und traute seinen Augen kaum, als er auf kleine Kinderhände schaute. Was ist hier los, dachte sich Jack.

Allmählich wurde ihm bewusst, dass er mit der Erfahrung eines erwachsenen Mannes in den Körper eines Kindes gelangt war.

Und zwar in seinen eigenen, als er noch ein Kind war. So hatte sich Jack das Paradies nicht vorgestellt.

Als seine Mutter nach ihm rief, erschrak Jack kurz und zuckte zusammen. „Jack, wo bleibst du? Wir warten doch alle auf dich im Wohnzimmer! Kommst du bitte zu uns?" Jack machte sich sogleich auf, das heißt, er versuchte es und riss den Stuhl hinter sich her, bei dem Versuch aufzustehen.

Er hatte tatsächlich vergessen, in welchem Körper er sich befand und wie groß er nun ist.

Ein lautes Krachen drang von der Küche aus ins Wohnzimmer.

„Ist dir etwas passiert?", rief seine Mutter aus dem Wohnzimmer.

„Nein, es ist alles in Ordnung", erwiderte Jack.

Seine Mutter stand bereits im Türrahmen, um sich ein eigenes Bild der Lage zu machen.

Sie schaute Jack an, strich ihm über den Kopf und fragte, was denn los war.

„Es war nichts. Ich habe mich nur ein wenig verschätzt", sagte Jack.

Seine Mutter schaute ihn fragend an und rückte den Stuhl wieder an den Tisch.

„Können wir nun anfangen?", vernahm Jack aus dem Wohnzimmer.

Seine Mutter schaute ihm in die Augen, reichte ihm ihre Hand und nickte ihm zu.

Zusammen gingen sie durch die Küche, den Flur entlang und dann links hinein in das Wohnzimmer, in dem bereits sein Vater und seine Großeltern auf sie warteten.

Jack schaute sich um und entdeckte die drei Geschenke, die auf dem Tisch standen.

Genaugenommen waren es zwei größere Geschenke und ein recht kleines.

Alle Geschenke waren bunt verpackt und zudem mit einer Schleife verziert. Sein Vater grinste über das gesamte Gesicht und freute sich ersichtlich. Seine Großeltern sagten zu Jack, dass er doch zu ihnen kommen solle. Es war gar nicht so einfach für Jack, die Freude vorzuspielen, denn immerhin konnte er sich noch genau daran erinnern, was er an diesem Tag geschenkt bekommen hatte.

Es war ein ferngesteuertes Auto, was er sich von seinen Eltern gewünscht hatte.

Dann eine Aktion Figur inklusive einem Motorrad, das er von seinen Großeltern geschenkt bekam und noch das kleine Geschenk, an dessen Inhalt er sich nun tatsächlich nicht mehr erinnern konnte.

Jack machte sich auf den Weg zu seinem Großvater, setzte sich auf dessen Schoß und griff zuerst nach dem kleinsten Geschenk.

Sein Großvater sagte erstaunt, dass es doch noch Wunder gäbe, da Jack so bescheiden war und sich als erstes das kleinste der Geschenke genommen hatte. Jack erschrak bei dem Gedanken daran, dass er nun wahrscheinlich die Leidenschaft seines Großvaters geweckt hatte. Sein Großvater erzählte für sein Leben gerne Geschichten und ganz besonders diejenigen, in denen ein Wunder vorkam.

Hoffentlich verschont er mich heute, dachte sich Jack. Doch noch bevor er zu Ende gedacht hatte, sagte sein Großvater schon „ich erzähle dir gleich noch eine neue tolle Geschichte!"

Prima dachte sich Jack und schüttelte vorsichtig das Geschenk, aus dem er ein leises Klickern vernahm. Nachdem Jack das Geschenk geschüttelt hatte, begann er, das Geschenkpapier aufzureißen. Er zuckte ein wenig zusammen, als er auf den Inhalt schaute. Wie konnte es nur dazu kommen, dass er sich nicht mehr an dieses bedeutungsvolle Geschenk erinnerte?

Es waren 25 Murmeln in einem braunen lederartigen Säckchen.

Diese Murmeln, die in allen Farben vorhanden waren und auf den ersten Blick einen nicht sehr spektakulären Eindruck machten, spielten in Jacks späterem Leben eine sehr bedeutende Rolle. Zumindest eine davon und zwar die, die Jack als schönste erkoren hatte.

Es war die Murmel, die ihr Innenleben mit den blauen und grünen Streifen zierte.

„Gefallen sie dir nicht?", fragte seine Mutter, da Jack wohl ein Gesicht zog, das alles andere als freudig drein blickte.

„Doch schon! Ich war ein wenig in Gedanken versunken. Ich freue mich sehr", sagte Jack.

Seine Mutter schaute ihn erneut fragend an. Vermutlich lag es an Jacks Ausdrucksweise, welche seine Mutter ein wenig verwirrte.

Nachdem Jack all seine restlichen Geschenke ausgepackt hatte und kurz mit ihnen spielte, erinnerte ihn sein Großvater noch einmal an seine Geschichte.

Wenn es denn unbedingt sein muss, dachte sich Jack und kletterte erneut auf den Schoß seines Großvaters.

Jack lehnte sich an seinen Großvater.

In seiner Hand hielt er die blau — grüne Murmel, mit der er sich später in Ruhe noch ein wenig beschäftigen wollte.

Zuerst aber würde er seinem Großvater einen Gefallen tun.

3

Sein Großvater ließ nicht lange auf sich warten und fing gleich an zu erzählen.

Es war einmal eine sehr hübsche Prinzessin, die in einem sehr großen Schloss lebte.
Sie hatte langes blondes Haar, was sie gerne als Zopf trug. Doch die Zeiten änderten sich und die Prinzessin wurde immer träger und zunehmend fauler. So faul, dass sie sich noch nicht einmal mehr einen Zopf machen wollte.
Sie verweilte die meiste Zeit in ihrem Bett und wenn sie sich mal bewegte, dann meistens nur, um mit ihrem Prinzen zu speisen.
Sie verhielt sich bereits seit 3 Monaten merkwürdig und war kaum noch wiederzuerkennen. Der Prinz, einst sehr stolz auf seine Prinzessin, zweifelte immer mehr an dem Wohl seiner Liebsten. Er machte sich viele Sorgen um seine Liebste. Deshalb beschloss der Prinz, Hilfe von Außen zu beziehen.
Er konnte sich daran erinnern, von einer Älteren Dame gehört zu haben, die in einem abgelegen Waldstück lebte.
Sogleich ließ er sein schnellstes Pferd satteln und machte sich auf die Suche nach dieser geheimnisvollen Frau.

Er durchkämmte alle bekannten Wälder, doch seine Suche blieb erfolglos.

Traurig, verzweifelt und sehr müde machte sich der Prinz nach stundenlanger Suche auf den Heimweg. Einige Kilometer vor seinem Schloss saß ein kleiner Junge am Straßenrand auf einem großen Stein. Er war in alter zerrissener Kleidung gehüllt und sein Gesicht war schmutzig. Seine braunen Haare waren zerzaust und sahen sehr ungepflegt aus.

Der Junge lächelte den Prinzen so sehr an, dass der Prinz innehielt und den Jungen fragend anschaute.

„Warum lächelst du so?", fragte der Prinz.

Der Junge schaute den Prinzen an, lächelte weiterhin und schwieg. Verunsichert und ein wenig wütend fragte der Prinz erneut.

„Weißt du nicht, wen du vor dir hast? Ich bin der Prinz! Sag mir sofort, warum du so lächelst?"

„Lachst du etwa über mich?", fragte der Prinz.

Eine Antwort blieb aus.

Der Junge lächelte den Prinzen weiterhin an.

Voller Wut ritt der Prinz los und dachte sich, dass der Junge für solch eine Ignoranz büßen müsse. Als er im Schloss ankam, befahl er sofort seinen Dienern, nach dem Jungen Ausschau zu halten.

Es dauerte keine Stunde, da wurde der Junge mitsamt seiner ganzen Familie dem Prinzen präsentiert. Der Junge lächelte weiterhin wie zuvor, was den Prinzen noch mehr verunsicherte. Auch seine Eltern hatten ein Lächeln auf den Lippen und schauten den Prinzen fragend an.

„Warum hast du seine Eltern mit hierher gebracht?", fragte der Prinz.

„Verzeiht mir mein Herr, aber sie wollten ihren Sohn nicht ohne sie gehen lassen." „Also gut, dann wirf alle zusammen in den Kerker! Ihnen wird noch das Lachen vergehen!", sagte der Prinz.

Sogleich wurde die gesamte Familie abgeführt und in dem Schlosskerker untergebracht.

Gegen Abend, als der Tisch zum Abendmahl bereits gedeckt war, kam die Prinzessin in den Speisesaal. Der Prinz saß längst am gedeckten Tisch. Er war in Gedanken versunken und wusste nicht so recht, was ihn mehr bewegte. Die Trauer über seinen Misserfolg, oder die Wut über diese lächelnde Familie, die er wegsperren ließ.

„Ich habe gehört, dass du eine Familie gefangen hältst", sagte die Prinzessin.

Auf diese Frage nickte der Prinz bejahend.

„Warum hast du diese Familie weggesperrt?",
fragte sie.

„Sie lachen mich aus und ich weiß nicht warum!
Das kann ich in meiner Position nicht so
hinnehmen", sagte der Prinz.

„Mach nicht den gleichen Fehler wie ich", sagte
die Prinzessin.

Der Prinz schaut etwas erstaunt und fragte
sogleich, „ich weiß nicht, was du meinst?"

„Im Gegensatz zu dieser Familie, die du
wegsperrt hast, habe ich mich selbst
weggesperrt. Im Gegensatz zu dieser Familie
habe ich das verloren, was selbst diese Familie
noch im Kerker besitzt."

Der Prinz schaute seine Gemahlin verwirrt an
und fragte sie, was sie meinte.

„Freunde! Ein Gefühl, welches ich vor langer
Zeit verlor und mit diesem Verlust war es mir
nicht mehr möglich, glücklich zu sein", sagte
sie.

„Ist dies der Grund, warum du dich vor einiger
Zeit zurück gezogen hast?", fragte der Prinz.

Die Prinzessin schwieg einen Moment, bis sie
den Prinzen darum bat, sie in den Kerker zu
begleiten. Zusammen gingen sie durch den
Speisesaal in Richtung Kerker, welcher sich
am Ende des Kellergewölbes befand.

Sie durchquerten das kühle und feuchte

Kellergewölbe, bis sie zu dem völlig abgeschiedenen Abschnitt des Schlosses kamen, indem sich der Kerker befand.

In diesem Abschnitt war es sehr düster und feucht. Zudem roch es ein wenig streng.

„Öffne mir bitte die Tür", sagte die Prinzessin zu ihrem Gemahl.

„Du möchtest sie freilassen? Ohne sie zu befragen, warum sie über mich lachen?", fragte er.

„Nein! Ich möchte zu ihnen", sagte sie.

Der Prinz verstand die Welt nicht mehr und öffnete mit Widerwillen die Tür.

Der Raum, in dem sich die Familie befand, war klein und sehr dunkel. An den Wänden hingen Ketten, die bei Bedarf dazu dienten, den Gefangenen an die Wand zu ketten. Der Boden wirkte feucht und aus der rechten Ecke waren Geräusche einiger Ratten zu vernehmen. Als die Tür geöffnet wurde, saß die Familie kreisförmig zusammen. Sie schauten fragend in Richtung der geöffneten Tür, durch die nun mehr Licht in den Raum drang. Ihr Lächeln war selbst jetzt noch auf ihren Gesichtern zu vernehmen. „Bitte erhelle diesen Raum", sagte die Prinzessin zu ihrem Gemahl.

Er schaute sie an, nickte und befahl einem seiner Diener, der zu Sicherheit bei ihnen war, die vorhandenen Fackeln zu entzünden. Durch das Licht der Fackeln wirkte der Raum gleich viel größer und wärmer.

Die Prinzessin ging auf die sitzende Familie zu, begrüßte sie, indem sie nickte und setzte sich zu ihnen in den Kreis.

Der Prinz wusste nicht, was er tun sollte. Kurz durchzuckte es seinen Körper, da er für einen Augenblick eingreifen wollte.

Er ließ sie gewähren, befahl aber seinem Diener, in die Nähe seiner Gemahlin zu gehen und sie bei Bedarf zu beschützen.

„Dies ist nicht nötig", sagte die Prinzessin und befahl dem Diener, sie alleine zu lassen.

„Bitte lasst uns einfach alleine", fügte sie noch hinzu. Der Prinz war entsetzt über diese Bitte und dachte sich, dass seine Gemahlin nun völlig verrückt sei. Dennoch kam er ihrer Bitte nach und verließ den Raum, schloss die Tür und schaute nun von Außen durch den Türschlitz, der sich in Augenhöhe befand. Die geführte Unterhaltung seiner Gemahlin konnte er nicht hören. So sehr er sich auch anstrengte, es war ihm einfach nicht möglich, etwas zu hören. Er konnte nur sehen, wie die Unterhaltung ein Lächeln auf ihr Gesicht zauberte. Nach einigen Minuten, welche dem Prinzen wie eine kleine Ewigkeit vorkamen, stand die Prinzessin auf und ging auf die geschlossene Tür zu, welche der Prinz sofort für sie öffnete. Er schaute sie ein wenig verzweifelt an und fragte sie, worüber gesprochen wurde. Anstatt auf seine Frage zu antworten sagte sie, dass die Familie etwas Gold und etwas zu Essen bekommen sollte.

Danach sollte er die Familie wieder in ihre wohl verdiente Freiheit lassen. Der Prinz schaute sie an und fragte sie, ob dies ihr Ernst sei.

„Natürlich! Zweifelst du an meinen Worten?", fragte sie.

Etwas später wurde die Familie wieder aus dem Schloss geführt und in die Freiheit gelassen. In den Händen trug der Vater einen Sack, indem sich einige Kostbarkeiten befanden. Die Familie bedankte sich noch einmal, indem sie sich verbeugten und gingen gemeinsam den Waldpfad hinunter, bis der Prinz sie nicht mehr ausmachen konnte. Als er wieder in das Schloss zurückkehrte und den Speisesaal betrat, saß seine Gemahlin bereits an dem gedeckten Tisch. Auf ihrem Gesicht war ein Lächeln auszumachen. Anders als gewohnt nahm der Prinz nicht den gegenüberliegenden Stuhl, sondern gleich den neben seiner Gemahlin.

„Willst du mir verraten was sie dir erzählt haben?", fragte er sie.

„Aber natürlich", sagte sie.

Sogleich fing die Prinzessin an zu erzählen.

Sie erklärte ihrem Prinzen, dass die Familie nur einen einzigen Satz zu ihr sagte.

„Alles was du benötigst um glücklich zu sein, bist du selbst."

Der Prinz verstand nicht genau, worauf sie hinaus wollte und fragte nach.

„Ich verstehe nicht, was du mir damit sagen möchtest!", sagte der Prinz.

„Schau dir diese liebe Familie an. Sie haben so gut wie nichts und dennoch viel mehr als wir beide zusammen", sagte die Prinzessin.

„Sie sind glücklich und das obwohl sie so gut wie nichts haben. Wir haben alles, was wir wollen und sind nicht sehr glücklich. Zumindest kann ich dies nicht von mir behaupten", sagte sie ergänzend.

„Ja, aber ich könnte dich glücklich machen, wenn du mir nur sagen würdest, was du begehrst", sagte der Prinz.

„Nein, das kannst du nicht! Du kannst mir alles Materielle auf dieser Welt schenken, das stimmt. Das macht mich auch eine Zeit lang glücklich, doch umso mehr ich bekomme, umso mehr begehre ich. Bis ich mich schließlich in

all diesen bedeutungslosen Sachen verliere",
sagte die Prinzessin.

„Alles was ich benötige, habe ich bereits! Ich
brauche nichts mehr hinzuzufügen. Alles was
ich begehre, befindet sich bereits in mir", fügte
sie hinzu.

So langsam verstand der Prinz.

Egal wie viel er ihr schenken würde, es würde
nur dazu führen, dass sie sich immer weiter
von ihm entfernte.

So kam es, dass die Prinzessin in regelmäßigen
Abständen ihre neue Familie im Wald besuchte.
Sie brachte ihrer neuen Familie stets etwas
zu essen und zu trinken mit.

Der Prinz machte sich derweil Gedanken über
seine Vergangenheit und erkannte ebenso,
dass kein Gold der Welt einen Menschen
glücklich machen kann.

Glücklich sein entsteht von Innen heraus und
nicht umgekehrt.

Ab diesem Tag belohnte er seine Diener viel
höher und beauftragte die Bauern, Brot für
ihn zu backen, damit er es unter dem Volk
verteilen konnte.

Und wenn sie nicht gestorben sind, dann sind
sie heute noch glücklich...

4

Stille… Den Raum durchzog die Stille.

Jacks Mutter schaute in die Runde und sagte „was für eine wunderschöne Geschichte."

Alle stimmten ihr zu, indem sie nickten, obwohl Jacks Vater nicht so begeistert erschien.

Nachdem sie noch ein wenig über diese Geschichte erzählten, ging Jack mit seinem Vater zusammen vor die Tür, um auf der Straße das ferngesteuerte Auto zu testen.

Jacks Vater wunderte sich ein wenig darüber, dass Jack so lange stillhalten konnte, da er selbst schon etwas länger den Drang verspürte, das Auto zu testen.

Nachdem Jacks Vater eine kleine Einweisung zur Bedienung durchführte, reichte er Jack die Fernsteuerung. In diesem Augenblick wurde es Jack wieder richtig bewusst, wo er überhaupt steckte. Dies schien sein Vater zu bemerken und fragte nach, ob alles in Ordnung sei.

Jack nickte und startete die erste Testfahrt.

Der ferngesteuerte Wagen, ein gelber VW Käfer, schoss über den Bürgersteig und sprang sogleich auf die Straße.

Jacks Vater schaute nervös rechts und links, um Ausschau nach eventuell ankommenden

Autos zu halten. Die Straße war um diese Zeit weniger befahren, was seinen Vater ein wenig beruhigte. Plötzlich krachte es. Der gelbe Käfer krachte mit voller Wucht gegen den Bordsteinrand und überschlug sich ein paar mal, bis er letztendlich auf dem Dach liegen blieb. Jacks Vater schaute ihn an und schüttelte den Kopf, als sie zusammen in die Richtung des „Unfalls" liefen. Als sich Jack nach dem Wagen bückte und etwas auf seinen Oberschenkel drückte, dachte er wieder an seine Murmel, die er in seiner Tasche hatte.

Er wollte doch noch schauen, ob er sich ihre Kräfte nur eingebildet hatte und dies in diesem Alter normal war, oder ob die Murmel tatsächlich magisch war.

„Können wir morgen noch eine Runde drehen? Ich bin etwas müde", sagte Jack zu seinem Vater.

„Das Gleiche wollte ich dir auch gerade vorschlagen", antwortete sein Vater.

Als sie wieder zuhause ankamen, wünschte Jack noch allen zusammen eine gute Nacht und ging danach nach oben.

„Denk daran, deine Zähne zu putzen", rief seine Mutter hinterher, als Jack gerade sein Zimmer betreten wollte. Jack betrat sein Kinderzimmer und sein erster Blick fiel auf die

Uhr, die auf seinem Tisch stand.

Mittlerweile war es bereits 18:30 Uhr und er verspürte tatsächlich eine leichte Müdigkeit.

Endlich Ruhe dachte er sich. Nun bekam er endlich die Möglichkeit, seine Gedanken zu ordnen und darüber nachzudenken, was geschehen war.

Er setzte sich auf sein Bett und wühlte in seiner Hosentasche, bis er seine Murmel zwischen den Fingern hielt.

Was ist nur los? Bin ich tot? Ist das der Himmel, oder bin ich etwa in der Hölle?

Fragen über Fragen quälten ihn.

Gefangen in seinen Gedanken merkte er nicht, wie er plötzlich weg sackte und einschlief.

Aus seiner Hand löste sich die Murmel, die über das Bettlaken rollte, bis sie auf den Boden fiel und dort liegen blieb.

5

Jack fand sich in seinem eigenen Traum wieder. Er befand sich auf der Straße vor seinem Haus, schaute in den sonnigen Himmel und stieg in seinen Wagen. Auf dem Beifahrersitz lag ein Umschlag, in dem sich sein neustes Manuskript befand. 6 Monate hatte er an seinem letzten Buch gearbeitet und noch nie war es ihm so schwer gefallen, wie dieses Mal. Dabei hatte er bereits 12 Bücher vollendet und die Hälfte davon verkaufte sich richtig gut. Er schaute auf die Uhr als er seinen Wagen anließ. Das würde er noch bis zum Verlag schaffen, dachte er sich und steuerte aus der Parklücke auf die Straße. Wie immer war um diese Zeit auf den Straßen die Hölle los. Er ärgerte sich ein wenig über sich selbst, weil er ausgerechnet diese Zeit ausgesucht hatte. Immerhin hatte er den ganzen Tag Zeit gehabt, um das Manuskript abzugeben. Allerdings war er froh, dass er es überhaupt noch rechtzeitig geschafft hatte, es fertigzustellen, denn heute war der Stichtag. Nach 30 Minuten Fahrt erreichte er das Verlagsgebäude und fand gleich einen Parkplatz, was ihn erfreute. Das Gebäude lag ein wenig außerhalb der Stadt, was Jack schon oft gelegen kam und er die

Abgabe meistens mit einem ausgiebigen Sparziergang verband. So sollte es auch heute sein, dachte er sich, als er das Gebäude betrat. Am Empfang wurde er wie immer freundlich begrüßt. Im Empfangsbereich hingen einige Plakate derer Autoren, die der Verlag zur Zeit unter Vertrag hatte. Auch das Plakat zu seinem letzten Buch machte er aus. „Hinter dem Regenbogen" - hatte es über Wochen auf Platz 1 geschafft. Doch richtig glücklich konnte ihn auch dieser Erfolg nicht machen. Jack drückte den Fahrstuhlknopf und schaute auf die Anzeige. Nach einer Minute vernahm er die Ankunft des Aufzuges und es öffneten sich die Türen. Nach einer kurzen Fahrt in einem völlig leeren Aufzug erreichte er die 2. Etage. Auch auf diesem Flur waren sämtliche Wände mit Poster der Autoren geschmückt. Als Jack den Flur hinunter schritt, vernahm er aus den ersten beiden Räumen einige Wortfetzen. Worum es genau ging, konnte er nicht verstehen. Vermutlich ging es wieder einmal darum, Bücher an den Mann zu bringen, dachte er sich. Das letzte Büro auf dieser Etage war sein Ziel und noch bevor er klopfen konnte, öffnete sich die Tür. Vor ihm stand Edwin, der wie immer ein wenig gestresst wirkte.

„Schön, dass du auch mal kommst", sagte Edwin und trat wieder zurück in den Raum. Er setzte sich auf seinen Platz und bot Jack an, sich ihm gegenüber zu setzten. Als Jack sich in seinem Büro umschaute bemerkte er, dass sich nicht viel verändert hat. Das meiste befand sich noch an dem Platz wie zuvor. Lediglich die Wände schmückten ein paar neue Autorenposter. Auf seinem Schreibtisch standen Blumen, die förmlich nach Wasser schrien.

Ansonsten war das Chaos so groß wie immer.

„Geht es dir gut?", fragte Edwin.

Jack hielt einen Moment inne, schaute kurz auf den Boden und nickte dann.

„Ja, es geht mir gut", sagte er.

„Wie du dir vielleicht denken kannst, hatte auch ich in der letzten Zeit ein wenig Stress", sagte Jack.

„So ist das eben, wenn man etwas verdienen möchte", sagte Edwin.

Jack verkniff sich seine Antwort.

Nachdem Jack sein Manuskript überreichte, machte er sich sofort auf, um das Büro wieder zu verlassen. Edwin fragte ihn, ob er es eilig hätte, da er heute nicht besonders redselig erschien. Jack blieb mitten in seiner Bewegung stehen, drehte sich um und sagte zu Edwin, dass er gerne noch ein wenig spazieren gehen möchte, um sich auf den bevorstehenden Stress ein wenig besser einstellen zu können. Danach verließ er Edwins Büro und schritt den Flur erneut hinab, bis er den Aufzug erreichte. In der Empfangshalle angekommen, winkte er noch einmal dem Herren in der Empfangshalle zu und verließ das Gebäude.

Jack schaute in den Himmel und freute sich darüber, dass das Wetter weiterhin noch so schön erschien. Kurz bevor er sein Auto öffnete, fing sein Handy an zu klingeln.
Ausgerechnet jetzt dachte sich Jack und schaute auf das Handydisplay.
Am Telefon war sein bester Freund Greg.

„Hallo Jack, wie geht es dir?", fragte Greg.
„Es ist mal wieder ein wenig stressig", erwiderte Jack.
„Das ist ja nichts Neues. Immer das Gleiche nicht wahr?", fragte Greg.
„Da hast du Recht. Immer das Gleiche und irgendwie habe ich das Gefühl, dass es sogar noch schlimmer wird", sagte Jack.
„Mach dir nichts daraus.
Erfahrungsgemäß hast du bald schon wieder etwas mehr Ruhe", sagte Greg.

„Ich bin gerade zurück aus meinem Urlaub. Ich wollte dich fragen, ob wir uns morgen auf einen Kaffee treffen könnten.

Ich habe dir einiges zu erzählen, wie du dir vielleicht denken kannst?", fragte Greg.

„Da bin ich aber gespannt. Natürlich können wir uns treffen. Gleicher Ort, zur gleichen Zeit?", fragte Jack.

„Alles klar. Gleicher Ort, gleiche Zeit. Bis morgen Jack", sagte er und legte auf.

Jack steckte sein Handy wieder in seine Tasche und stieg in sein Auto. Irgendwie war ihm jetzt nicht mehr nach einem Spaziergang zumute. Er entschloss sich, zu seiner Lieblingsklippe zu fahren, die um diese Uhrzeit besonders schön wirkte. Nach 20 Minuten Fahrzeit erreichte Jack sein gewünschtes Ziel. In der Ferne konnte er die Klippe bereits ausmachen. Vor ihm lag jetzt noch ein Fußmarsch von etwa 10 Minuten, bis er den Fuß des Klippenaufstieges erreichte.

An diesem Tag begegnete Jack keiner Menschenseele. Es erschien ihm fast so, als sei er der einzige Mensch auf Erden. Endlich erreichte er den Fuß der Klippe, an dem ein Pfad die Klippe hinauf führte.

In dieser Jahreszeit kam es nicht selten vor, dass dieser Pfad kaum zu sehen war, da alle

Pflanzenarten wild in die Höhe wucherten und es scheinbar niemanden interessierte.

Jack kannte den Weg, daher wusste er ungefähr, wo sich der Trampelpfad befand.

Der Trampelpfad erstreckte sich steil die Klippe hinauf. Dabei führte dieser Weg geschlängelt von einer Seite zur anderen, um den Aufstieg ein wenig zu erleichtern.

Jack war ganz schön fertig, als er das Ende des Trampelpfad erreichte und endlich auf das Meer schaute.

Jack trat vorsichtig an den Rand der Klippe und schaute in die Tiefe.

Das Knistern des Grases war unter seinen Schuhen deutlich zu vernehmen.

Einen kurzen Augenblick später erreichte ihn der Geruch des Grases, der ihm durch eine leichte Brise zugeweht wurde.

. . . .

Ruckartig drehte er sich der Klippe zu.

Seine Beine rannten so schnell wie es ihnen möglich war und am Rand der Klippe machte er einen kleinen Sprung.

Vor ihm erstreckte sich die Weite des Himmels und unter ihm ein tiefer Abgrund.

Plötzlich vernahm Jack ein helles Flimmern im äußeren Bereich seines Blickfeldes, welches sich immer weiter zuzog, bis es sein gesamtes Blickfeld einnahm. Im gleichen Zuge zog sich die Geräuschkulisse um ihn zurück.

Jack hatte das Gefühl, als würde er in einen weißen Tunnel fallen, der sich immer weiter um ihn ausbreitete. In der Ferne machte er dunkle Punkte aus, die in einer unsagbaren Geschwindigkeit auf ihn zurasten. Noch bevor er es richtig realisieren konnte, waren sie auch schon da. All diese bekannten Bilder aus seinem Leben. Die Anzahl der Bilder schien sich zu reduzieren, wobei die Geschwindigkeit ihres Erscheinens immer noch sehr hoch war. Hinter all den zahllosen Bildern machte Jack ein großes Bild aus, was auf ihn zusteuerte. Das Flimmern der Bilder hatte nachgelassen und er schaute nur noch auf ein einziges Bild. Es füllte mittlerweile so gut wie sein gesamtes Blickfeld.

Es war nicht irgendein Bild, sondern ein bedeutender Augenblick seines Lebens.

6

Jack erwachte schweißgebadet.

Er riss seine Augen so weit wie möglich auf, doch das einzige was er erblickte, war die Dunkelheit. Wo zur Hölle war er, dachte er sich. Kurz nach diesem Gedanken erhellte sich seine Umgebung mit einem Klick.

„Du hast schlecht geträumt", vernahm er von seiner rechten Seite. Seine Freundin Jasmin schaute in sein Gesicht. Jack schlug sich die Hände vor sein Gesicht und dachte sich, dass dies doch alles nicht wahr sein konnte. Natürlich war Jasmin real und er kannte sie nur zu gut, allerdings aus einer Zeit, die schon etwas zurück lag. In seinen jungen Jahren, als er noch recht wild unterwegs war, traf er sie das erste Mal, als er ein Dorffest mit seinem damaligen besten Freund besuchte. Dort fiel ihm ihre Art sofort auf. Sie wirkte immer recht dominant und sie nahm jede Gelegenheit wahr, sich in den Mittelpunkt zu rücken. Zu dieser Zeit stand Jack völlig auf diese Art von Frauen, was sich über die Zeit allerdings geändert hatte. Heute bevorzugt er unscheinbare Frauen, die sich in Worten und Taten auszudrücken wussten.

„Wo bin ich hier?", fragte Jack.

Jasmin schaute skeptisch und fragte ihn, ob er sie auf den Arm nehmen möchte.

Jack dachte nach.

„Ich glaube, du hast gestern einen über deinen Durst getrunken", sagte Jasmin.

Jack ergriff sogleich die Möglichkeit, diese Information zu nutzen und sagte zu ihr, „das wird es wohl sein."

„Ich bin so durcheinander, dass ich noch nicht einmal weiß, wo wir gestern überhaupt waren", sagte Jack.

Jasmin schüttelte den Kopf.

„Ich kann es ja kaum glauben, was du hier sagst! Warst du wirklich so heftig unterwegs. Ich hatte gar nicht den Eindruck, dass du so betrunken warst", fügte sie hinzu.

Jack zuckte mit den Schultern und sagte zu ihr, „ich hoffe du nimmst es mir nicht übel, wenn ich dir nun sage, dass dies auch einmal vorkommen darf?"

Jasmin lächelte. Ihre Augen wurden größer und ein gewisser Glanz war zu vernehmen.

„Da will ich mal eine Ausnahme machen", sagte sie.

„Denn immerhin war gestern dein 18. Geburtstag, den wir in einem großen Rahmen gefeiert haben. Wir hatten alle sehr viel Spaß. Wenn du dir die Bilder anschaust, wirst du dich sicherlich wieder an alle Ereignisse erinnern können", sagte sie.

Jack schaute sie an und nickte.

„Am besten gehe ich kurz duschen. Ausnahmsweise etwas kälter als sonst in der Hoffnung, dass ich wieder etwas klarer werde", sagte er.

„Das halte ich auch für das Beste. Nimm dir etwas Zeit, um klarer zu werden. In der Zeit lege ich mich noch etwas hin. Das wirst du mir sicherlich nicht übel nehmen, oder?", sagte sie.

Jack lächelte als er in ihr Gesicht schaute.

Jack stand auf und sagte zu ihr, „natürlich nicht. Bis gleich in alter Frische."

Als Jack das Bad betrat, musste er kurz überlegen, wo er überhaupt war. Natürlich war ihm klar, dass er sich in seiner Jugend befand und dass dies alles mit seinem Sprung zu tun hatte. Allerdings war ihm bis jetzt nicht klar, in welcher Wohnung er sich befand.

Als er über die Ablage schaute, die sich über dem Waschbecken befand, wurde es ihm wieder klar. Eine ganze Ablage voller Kosmetikprodukte. Das konnte nur Jasmins Wohnung sein. Jack erinnerte sich plötzlich. Zu dieser Zeit besaß er noch nicht genügend Geld, um sich eine eigene Wohnung leisten zu können. Deshalb war er umso erfreuter darüber, dass Jasmin ihn irgendwann fragte, ob er nicht zu ihr ziehen möchte. Jack drehte die Heizung ein wenig hoch. Irgendwie durchzog ihn eine unangenehme Kälte. Er setzte sich auf den Wannenrand und schaute auf den gefliesten Boden. Erinnerungen schwappen in ihm hoch. Nach jahrelangem Kampf hatte er es tatsächlich gewagt, den Schritt zu gehen, seinem Leid ein Ende zu bereiten und dann so etwas. Würde es nur ihm so ergehen oder macht jedes Lebewesen diese Prozedur mit? War er womöglich schon längst tot? Er wusste es nicht. Vielleicht würde er es irgendwann einmal erfahren. Allerdings erschien ihm dies zurzeit recht unwichtig, denn er konnte alles nur nicht abschätzen, wie es weitergehen würde. Jack drehte seinen Körper zur Badewannenarmatur und drehte das Wasser auf. In dieser Wohnung existierte nur ein Badezimmer, in dem lediglich eine Badewanne vorhanden war. In einer Ecke befand sich ein Duschvorhang, mit dem es möglich war, auch in der Badewanne zu duschen. Jack prüfte die Wassertemperatur mit seiner rechten Hand. Auf der linken Ecke der Badewanne erblickte er einen blauen Schwamm. Für einen kurzen Augenblick dachte er nach. Er Griff nach dem Schwamm und drückte ihn leicht. Jasmin musste ihn zuletzt noch benutzt haben, denn er war noch recht feucht. Tief in seinem Inneren fühlte er etwas, als er den blauen Schwamm ansah. Na klar, dachte er sich. Dieser Schwamm musste ihn an seine Murmel erinnern, mit der er sich zuletzt noch beschäftigen wollte und dann eingeschlafen war. Vielleicht hatte er die Murmel noch in seiner Hosentasche, dachte er. Dies würde er gleich nach dem Duschen prüfen. In Gedanken versunken merkte er gar nicht, dass er bereits über Minuten das Wasser laufen ließ. Mittlerweile füllte sich das halbe Badezimmer mit Dampf, der von der Warmwasserquelle ausging. Jack schaute auf den Spiegel, der durch den Dampf langsam beschlug. Ließ er sich täuschen oder stand auf dem Spiegel tatsächlich ein Wort? Er stand auf, vergaß völlig das Wasser abzustellen und schritt dem Spiegel entgegen. Jack konnte nicht glauben, was dort geschrieben stand. Hatte er dieses Wort auf den Spiegel geschrieben? Wenn ja, wann? Und vor allem, warum? In der rechten oberen Ecke stand das Wort „Wunder".

Schon wieder dieses Wort, dachte er sich.
Zuletzt noch hatte sein Großvater eine Geschichte erzählt über eine Familie, die im

Wald lebte und das Erlebte auch wie ein Wunder empfunden haben musste. Ob es tatsächlich Wunder geben würde, wusste Jack nicht. Zu gerne würde er es herausfinden, indem er seine Murmel, wie auch in seinen Kindertagen, benutzen würde, um augenblicklich das Wetter nach seinen Bedürfnissen zu verändern. Doch leider war es ihm bisher nicht möglich, dies zu prüfen.

Das Badezimmer lag mittlerweile in einem dichten Nebel. Jack wandte sich vom Spiegel ab und wieder der Badewanne zu.

Das „Wunder" auf dem Spiegel würde er auch morgen noch klären können, dachte er sich.

Er zog sein Shirt und seine Shorts aus, legte sie auf die Ablage und prüfte noch ein letztes Mal die Wassertemperatur, bevor er duschen ging. Jack entspannte sich und ließ seinen Kopf nach unten hängen, damit der Wasserstrahl seinen Nacken traf. So erhoffte er, sich richtig entspannen zu können.

Er schloss seine Augen, spürte den Wasserstrahl im Nacken und driftete in Gedanken langsam weg. Plötzlich vernahm er ein Flackern vor seinen Augen, doch dieses Mal war es kein weißes Flackern, sondern ein ziemlich dunkles. Für einen Bruchteil einer Sekunde hatte Jack das Gefühl, sich wieder im freien Fall zu befinden. Leicht verschwommen vernahm er das Bild der steinigen Bucht vor Augen, das augenblicklich verschwand, als er seine Augen aufriss. Jack lehnte sich zurück an die gefliese Wand. Seine beiden Arme hatte er von sich gespreizt und es machte fast den Eindruck, als wolle er sich an der Wand festkrallen. Es reicht, dachte er sich und drehte das Wasser ab. Danach stieg er aus der Wanne und trocknete sich flüchtig ab.

Jack streifte sich seine Shorts über und packte sich sein Shirt. Er war so durcheinander, dass er völlig vergaß, das Badezimmer zu lüften.

Leise betrat er das Schlafzimmer, in dem immer noch eine Nachttischlampe brannte.

Jasmins Atmen war deutlich zu vernehmen und deutete daraufhin, dass sie wieder fest schlief. Diese Gelegenheit nutzte Jack und suchte sogleich das Zimmer nach seiner Hose ab. Dabei geriet der auf dem Nachttisch stehende Wecker in sein Blickfeld. Da der Raum nur spärlich belichtet war, fiel sein Leuchten umso deutlicher auf.

Bislang wusste Jack nicht genau, wie spät es war und musste nun feststellen, dass es noch mitten in der Nacht war. Auf dem Boden rechts neben dem Bett konnte Jack seine Hose ausmachen. Leise griff er nach ihr, durchsuchte beide Taschen und legte sie enttäuscht zurück auf den Boden. Alles was er fand, war ein Feuerzeug, seine Schlüssel und eine Packung Kaugummis. Ziemlich fertig setzte er sich auf seine Bettseite und legte sich sein Kopfkissen zurecht. Er legte sich auf den Rücken, schaute an die Decke und dachte über das Geschehene nach. Immer wieder fragte er sich, was dies alles zu bedeuten hatte. So sehr er sich auch anstrengte, er konnte sich nicht mehr daran erinnern, was mit seiner Murmel geschehen war.

Hatte er sie irgendwann mal verloren, oder vielleicht gegen anderes Spielzeug mit einem Freund eingetauscht? Lag seine Murmel womöglich mit den anderen Spielsachen noch bei seinen Eltern auf dem Speicher?

Er wusste es nicht.

Mittlerweile hatte Jack seine Augen geschlossen. Weiterhin dachte er über alles mögliche nach. Natürlich auch über das Wort auf dem Spiegel. Ständig wiederholte er das Wort "Wunder" in seinen Gedanken.

Jasmin erwachte und schaute ihn mit schläfrigen Augen an.

„Was hast du da gerade gesagt?", fragte sie.

„Ach, es ist nichts. Ich habe nur über etwas

nachgedacht", antwortete Jack.

„Es ist nichts? Du hast gerade von einem Wunder gesprochen", sagte sie.

Jack war klar, dass er sich so nicht mehr herausreden konnte. Er erzählte ihr von dem Erlebnis im Badezimmer und fragte sie zugleich, ob sie etwas mit diesem Wort anfangen konnte.

„Aber natürlich kann ich das. Immerhin habe ich es dort hin geschrieben", sagte sie.

Jetzt kommen wir der Sache schon ein wenig näher, dachte sich Jack.

„Möchtest du mir auch verraten, warum du das gemacht hast?", fragte Jack.

Jasmins Gesicht schmückte ein breites Lächeln. Sie freute sich darüber, dass Jack so neugierig war. Sie drehte sich noch ein Stück weiter zu ihm herüber, nahm seine Hand und fing an zu erzählen.

„Wir kennen uns nun schon seit über einem Jahr und oft habe ich daran gedacht, dir von meinem kleinen Wunder zu erzählen."

„Aber irgendwie kam ich mir jedes Mal bei diesem Gedanken ein wenig blöde vor."

„Denn was ich erlebte, war schon ein kleines Wunder und damit kommt bekanntlicherweise nicht jeder zurecht."

„Ich wollte unter keinen Umständen vor dir wie

eine Verrückte wirken und habe daher noch nie etwas über diese Geschichte erzählt."

„Als ich zuletzt im Bad war und mir das Badewasser einließ, beschlug der Spiegel und meine innere Stimme sagte mir, dass ich das Wort „Wunder" auf den Spiegel schreiben sollte, damit ich mein Wunder aus meiner Kindheit nie mehr vergessen würde."

„Wie das Wort auf den Spiegel kam, weißt du nun. Lass mich bitte die ganze Geschichte erzählen, damit du überhaupt einschätzen kannst, was das Wort "Wunder" für mich bedeutet", sagte sie.

Jack schaute sie an und war ersichtlich auf ihre Geschichte gespannt.

Er drehte sich ein wenig weiter zu ihr rüber und strich mit seiner Hand über ihr blondes Haar.

Jasmins wunderschöne blaue Augen fielen ihm nun besonders auf, in die er nun ganz tief schaute.

„Ich bin ganz Ohr", sagte er.

7

Als ich noch ein kleines Mädchen von sechs oder sieben Jahren war, erlebte ich ein kleines Wunder. Anfänglich schien es ein Tag wie jeder andere zu werden. Es war ein wunderbarer sonniger Tag mitten in meinen Schulferien.
Meine Mutter weckte mich morgens wie gewohnt, obwohl ich keinerlei Verpflichtungen nachkommen musste.

Sie war wohl der Meinung, dass ich nicht den ganzen Tag schlafen, sondern den Tag sinnvoll nutzen sollte. Also frühstückten wir zusammen und ich nutzte die Gelegenheit, um meine Mutter erneut nach den Rollschuhen zu fragen, die ich so ersehnte.

Zu dieser Zeit fuhren wir alle mit Rollschuhen. Doch nun waren meine Rollschuhe einfach viel zu klein und die Schuhe drückten vorn und hinten, so dass ich nach einer halben Stunde Fahrt mehr Blasen an den Füßen hatte, als Haut.
Meine Mutter schaute mich an diesem Morgen ein wenig entnervt an. Sie hatte wohl damit gerechnet, dass ich irgendwann wieder damit anfing.

„Nun gut. Was hältst du davon, wenn du dein Zimmer aufräumst und wir danach in die Stadt fahren, um nach deinen Rollschuhen zu schauen?", sagte meine Mutter.

Ich war sehr begeistert, wie du dir sicherlich vorstellen kannst.

Mein Zimmer war so schnell wie noch nie aufgeräumt. Es dauerte keine Stunde und da stand ich schon wieder vor meiner Mutter, und sagte ihr, dass ich soweit wäre.

Meine Mutter schaute mich mit großen Augen an. Sie schaute mich ein wenig skeptisch an und überzeugte sich selbst, indem sie mein Zimmer besichtigte.

Sie staunte ein wenig, als sie das aufgeräumte Zimmer sah.

„Mein Liebes, ich bitte dich noch um ein wenig Geduld, damit ich ein paar Vorbereitungen treffen kann. Danach können wir gleich los", fügte sie noch hinzu.

Ungeduldig saß ich in der Küche und wippte mit meinen Beinen hin und her.

Ich konnte es kaum erwarten in die Stadt zu kommen, um nach meinen Rollschuhen zu schauen. Nach etwa einer halben Stunde war meine Mutter soweit.

Zu dieser Zeit hatten wir nur ein Auto, welches mein Vater tagsüber benötigte, um auf die

Arbeit zu kommen.

Daher war es nötig, mit dem Bus zu fahren, was in den Schulferien auch recht angenehm erschien. Nach einer Stunde Busfahrt erreichten wir die Stadt.

Auch in der Stadt war es angenehm ruhig. Schon als Kind mochte ich es nicht besonders, von einer großen Menschenmasse umgeben zu sein. Unser Ziel war ein großes Warenhaus, welches zu dieser Zeit noch etwas besonderes war. Umso erfreuter war ich, als in der Spielwarenabteilung meine erwünschten Rollschuhe noch erhältlich waren.

Da wir nun schon einmal in der Stadt waren musste ich mich damit zufrieden geben, dass meine Mutter noch einige Besorgungen machen wollte. Natürlich war ich ungeduldig und wäre am liebsten alleine los gerannt, nur um meine neuen Rollschuhe zu testen.

Jasmin bemerkte Jacks Blick. Er schaute sie ein wenig fragend an. Sie reagierte sogleich, indem sie ihm sagte, dass sie gleich auf den Punkt kommen werde. Jasmin erzählte weiter.

Zuhause angekommen konnte ich es kaum abwarten, meine neuen Rollschuhe anzuziehen und zu testen.

Meine Mutter war allerdings der Meinung, dass ich meine Freundin anrufen sollte, um mit ihr gemeinsam meine Rollschuhe auszuprobieren. Meine Freundin wohnte zum Glück nur ein paar Straßen weiter.
Ich rief sie an und war überaus erfreut, ihre Stimme zu hören. Umso erfreuter war ich, dass sie an diesem Tag Zeit für mich hatte.
So kam es, dass wir im Laufe des Nachmittags dazu kamen, meine neuen Rollschuhe zu testen. Sie passten perfekt an meine Füße und ich hatte das Gefühl, dass ich noch nie besser Rollschuhe laufen konnte.

Zum Glück hatte meine Freundin ebenfalls vor kurzem neue Rollschuhe bekommen, so dass wir gemeinsam auf dem Schulhof, der etwa 1 KM von meinem Elternhaus entfernt war, ein paar Runden drehen wollten.
Das Wetter spielte weiterhin mit und war einfach wunderschön.
Vorsichtig bewegten wir uns auf dem Bürgersteig vorwärts, bis wir letztendlich auf dem Schulhof ankamen.
Wir hatten sehr viel Spaß und versuchten alle möglichen Tricks mit unseren Rollschuhen.
Mittlerweile wurde es schon ein wenig dunkler und es würde nicht mehr sehr lange dauern,

bis wir wieder nach Hause mussten.

Dieser Gedanke veranlasste mich, noch einmal richtig Gas zu geben.

Ich nahm noch einmal richtig Anlauf und wollte mich in der Vorwärtsbewegung drehen, so dass ich rückwärts weiter fuhr.

Wie sich kurz danach herausstellte, überschätzte ich mich ein wenig und raste rückwärts gegen die Schulhofbegrenzung.

Mit einem großen Satz nach hinten, stürzte ich in das nahe gelegene Gebüsch, was mich glücklicherweise recht sanft auffing.

Erschrocken und ein wenig verwirrt saß ich auf dem dreckigen Boden, mitten in diesem Gebüsch.

Das Gebüsch schien sehr dicht bewachsen zu sein, wobei mir in seinem Inneren genügend Platz blieb.

An manchen Stellen schimmerte die untergehende Sonne hindurch.

Durch meinen Sturz und den dadurch aufgewirbelten Staub konnte ich die Sonnenstrahlen sehr gut erkennen.

Plötzlich blitzte etwas vor meinen Augen.

Mein Blick richtete sich nach unten um erkennen zu können, was dort so glitzerte.

Derweil rief ein wenig besorgt meine Freundin nach mir.

„Ist alles in Ordnung?", schrie sie besorgt.

„Mir geht es gut. Ich bin gleich wieder bei dir. Es ist nichts passiert", rief ich ihr zu.

Plötzlich spürte ich meinen Hintern, der ein wenig brannte. Ich musste mit voller Wucht auf meinem besten Teil gelandet sein.

Danach kniete ich mich hin um das Glitzern genauer betrachten zu können. Es war eine Murmel, die halb im Boden steckte. Die Sonne schien immer noch auf diese Murmel und ließ sie im Sonnenlicht glitzern.

Jack zuckte zusammen und schaute Jasmin mit großen Augen an.

„Was ist los?", fragte sie ihn.

„Ist dir die Geschichte nicht aufregend genug und bist du dabei einzuschlafen?"

Jack schüttelte den Kopf.

„Nein, nein es ist nicht so, wie du denkst. In meiner Kindheit hatte ich auch ein aufregendes Erlebnis mit einer Murmel. Was hältst du davon, wenn du mir zuerst einmal deine Geschichte zu Ende erzählst?", fragte Jack.

Jasmin nickte und fuhr mit ihrer Geschichte fort.

Nachdem ich die Murmel aus dem Boden entfernte und in meine Hosentasche steckte, krabbelte ich aus dem Gebüsch.

Meine Freundin wartete bereits draußen und schaute mich mit großen Augen an.

„Da hast du noch einmal Glück gehabt", sagte sie.

Das konnte ich nicht abstreiten, als ich mir überlegte, mit welch einem Tempo ich gestürzt war.

Meine Freundin schaute auf die Uhr und vermittelte mir, dass wir jetzt nachhause müssten. Vor lauter Aufregung vergaß ich, meiner Freundin auf dem Heimweg von der Murmel zu erzählen.

Ihr Weg war ein wenig kürzer als meiner und als wir bei dem Haus ihrer Eltern ankamen, verabschiedeten wir uns.

„Ich rufe dich morgen an", sagte ich.

Bis Morgen sagte sie und winkte mir noch einmal zu, bevor sie das Haus betrat.

Als ich mich allein auf den Weg machte, kam mir plötzlich die Murmel wieder in den Sinn.

Es hat schon sehr schön ausgesehen, wie die Murmel in der Sonne glitzerte, dachte ich mir.

Zuhause angekommen konnte ich meiner Mutter nicht verschweigen, was passiert war. Wie auch, denn mein Hinterteil war völlig verschmutzt.

„Was ist passiert mein Liebes?", fragte sie.

Ich schaute meine Mutter an und sagte zu ihr, dass ich gestürzt sei.

„Ist dir etwas Schlimmes passiert mein Liebes", fragte sie.

„Nein, mir ist nichts geschehen", sagte ich.

Der restliche Tag verlief wie immer.

Wir aßen zusammen Abendbrot und gegen 20:00 Uhr sollte ich ins Bett gehe, was ich auch ohne zu Meckern befolgte.

Die gefundene Murmel befand sich nun auf der Fensterbank in meinem Zimmer.

Da sich mein Zimmer im ersten Obergeschoss befand, schlief ich gerne mit geöffneten Fenster, um frische Luft zu erhalten und in den Himmel schauen zu können.

Dies war auch der Grund, warum ich meine Rollläden meistens oben ließ.

Meine Eltern hatten dies zwar nicht so gerne, da sie befürchteten, dass jemand durch das offene Fenster eindringen könnte.

Mittlerweile war es schon dunkel und der Mond schien fast in seiner vollen Pracht.

Sein helles Strahlen war bis in mein Zimmer zu vernehmen, denn um diese Uhrzeit stand er genau auf der Fensterseite.

Ich lag bereits in meinem Bett und hatte meine Augen noch geöffnet, schaute an die Decke und dachte über den Tag nach, bis ich plötzlich wieder dieses Glitzern vernahm.

Das Glitzern ging von der Murmel aus, die auf der Fensterbank lag. Der Mond strahlte auf die Murmel und die Murmel reflektierte ein Bild an meine Wand. Im inneren der Murmel befanden sich zwei Streifen, die nun ein Schattenspiel an meine Wand projizierten. Ich konnte meinen Augen kaum glauben, als ich das große „J" auf meiner Wand sah. Zu diesem Zeitpunkt war mir natürlich nicht klar, was dies bedeuten könnte, dennoch war ich sehr davon fasziniert, welches Spektakel mir diese Nacht bescherte. Eine Zeit lang schaute ich einfach nur auf die Wand, bis ich aufstand und die Murmel zwischen meine Finger nahm. Ich schaute sie mir genau an und verspürte dabei ein warmes Gefühl in meinem Inneren.

Jack schaute sie mit offenem Mund an, während Jasmin weiter erzählte.

Als ich am nächsten Morgen aufwachte, lag die Murmel neben mir in meinem Bett. Irgendwann musste ich eingeschlafen sein und hatte dabei wahrscheinlich die Murmel noch in meiner Hand.

Durch das geöffnete Fenster schien bereits

die Morgensonne. Es schien ein schöner Tag zu werden und ich streckte mich ein wenig, um wach zu werden. Ich stand auf, ging zum Fenster und schaute hinaus in den Himmel. Es war keine einzige Wolke am Himmel zu sehen und ich konnte die Vögel singen hören. Ein herrlicher Morgen.

Jasmin hielt einen Moment inne bevor sie Jack sagte, dass das Folgende ein wenig merkwürdig klingen würde. Jack nickte und sagte, dass er auf alles gefasst sei. Jasmin grinste breit und fuhr mit ihrer Geschichte fort.
Als ich die Murmel erneut auf die Fensterbank legte, vernahm ich erneut ein kurzes Blitzen. Schon wieder eine merkwürdige Reflektion, dachte ich mir.
Ich weiß auch nicht mehr genau wie ich auf den Gedanken kam, aber zu diesem Zeitpunkt dachte ich mir, wie es denn wäre, wenn es gleich regnen würde.
Bei diesem Gedanken schaute ich ganz tief in die Murmel und verspürte wieder ein warmes Gefühl, welches ich ganz tief in mir wahrnehmen konnte.
Danach verließ ich mein Zimmer und ging nach unten in die Küche, wo meine Mutter bereits

auf mich wartete.

„Ich wäre dich in 5 Minuten wecken gekommen."

„Schön, dass du schon da bist. Hast du gut geschlafen mein Liebes?", fragte sie.

Zu diesem Zeitpunkt überlegte ich mir, ob ich meiner Mutter die Geschichte erzählen sollte. Einerseits hätte ich dies sehr gerne getan, andererseits hätte ich dann nur wieder Ärger bekommen, weil ich mein Fenster mal wieder offen gelassen hatte, was ich ja eigentlich gar nicht durfte.

Deswegen hatte ich mich dazu entschieden, erst einmal nichts davon zu erzählen.

Ich sagte meiner Mutter, dass ich sehr gut geschlafen hatte und dass ich sehr froh darüber sei, dass auch heute so schönes Wetter ist. Kaum als ich dies ausgesprochen hatte, vernahm ich ein leichtes Donnern.

Ich schaute aus dem Küchenfenster und bemerkte erst jetzt, dass der Himmel sich völlig zugezogen hatte und es plötzlich dunkel wurde.

Meine Mutter schaute mich an und sagte zu mir, "das wird wohl nichts, mein Liebes. Wie es ausschaut, spielt heute das Wetter nicht so mit. Aber das macht ja nichts, denn du hast bestimmt noch andere Aufgaben, die du erledigen kannst."

Nachdem wir zusammen gefrühstückt hatten, verließ ich die Küche und ging wieder in mein Zimmer. Gerade rechtzeitig, denn in diesem Augenblick fing es unheimlich an zu regnen und zu stürmen. Also schloss ich schnell das Fenster. Die Murmel lag auf dem Boden vor meinen Füßen und wurde wahrscheinlich durch den Wind herunter geblasen. Irgendwie kam ich auf die Idee, dass die Wetterveränderung etwas mit mir und der Murmel zu tun haben musste. Schließlich brauchte ich dies ja nur zu testen, indem ich die Murmel erneut um Sonnenschein bitten würde.

Mittlerweile war es wirklich richtig düster draußen und als ich nach der Murmel griff, hatte ich das Gefühl, als würde diese leicht glühen.

Jack unterbrach Jasmin kurz, indem er seine Hand anhob und zu erkennen gab, dass er etwas zu sagen hatte.

„Bitte sei nicht böse, wenn ich dich jetzt unterbreche, aber ich muss dringend auf die Toilette", sagte er. Jasmin lächelte und deutete auf die Tür. „Kein Problem, ich laufe ja nicht weg", sagte sie in einem sehr freundlichen Ton. Jack machte sich sogleich auf ins Badezimmer.

8

Als Jack erneut das Badezimmer betrat, wurde er sogleich daran erinnert, dass er zuletzt vergaß, den Raum zu lüften. Das Badezimmer kam einer Tropfsteinhöhle nahe und das Wasser sammelt sich bereits auf dem Boden. Er öffnete das Badezimmerfenster, damit die schwüle Luft abziehen konnte. Jack schaute sich nach einem Handtuch um, mit dem er provisorisch den Boden aufwischen wollte. Die frische Luft strömte in den Raum, was Jack als sehr wohltuend und erfrischend empfand. Er lehnte sich auf das Waschbecken und schaute in den Spiegel.

Das Wort „Wunder" war immer noch zu erkennen. Er schaute in sein Gesicht und konnte es immer noch nicht glauben, was er erlebte. Gestern schien seine Welt noch eine völlig andere zu sein und dann entschloss er sich, sich das Leben zu nehmen, und erlebt nun Teilstücke seiner Vergangenheit. Dabei wollte er nur seine Ruhe haben. Einfach ewige Ruhe. Er spürte, wie in ihm die Trauer hochkam und plötzlich musste Jack weinen. Ihm liefen die Tränen über die Wangen und tropften hinab ins Waschbecken. Jack schaute hinunter in den Abfluss, weil er für einen Augenblick das

Gefühl hatte, dass sich dieser leicht drehen würde. Jack klammerte sich an das Waschbecken als er spürte, dass sich der schwarze Tunnel langsam wieder vor ihm ausbreitete. Es war nicht mehr der Abfluss, sondern der schwarze Tunnel, den er erblicken konnte. Der Tunnel schien augenblicklich größer zu werden und ehe sich Jack darauf einstellen konnte, befand er sich bereits wieder in diesem Tunnel. Er hatte das Gefühl, in eine unendliche Tiefe zu fallen und merkte, wie er langsam vor dem Waschbecken in die Knie sank. In der Ferne vernahm er auch schon wieder eine Reihe Bilder, die auf ihn zukamen. Sie kamen einfach zu schnell, um alle von ihm genauestens erkannt zu werden und dieses Mal waren es einfach viel mehr, als das letzte Mal. Da war es wieder, dieses eine große Bild, was auf ihn zukam.

Auf ein Neues dachte sich Jack, der sich mittlerweile schon vorstellen konnte, was nun geschehen würde.

9

Dunkelheit. Absolute Dunkelheit.

Jack befand sich in absoluter Dunkelheit.

Er hatte nicht mehr das Gefühl zu fallen, doch um ihn herum herrschte absolute Dunkelheit. Augenblicklich verspürte er den Druck im Rücken. Er hatte das Gefühl zu liegen. Wo um alles in der Welt befinde ich mich hier, fragte er sich. Vorsichtig ertastete Jack rechts und links neben sich sein Umfeld. Langsam wurde Jack klar, wo er sich befand. Er fing an zu grinsen und tastete rechts neben sich nach dem Vermuteten. Mit einem leisen Klick erhellte sich sein Umgebung. Irgendwie war Jack froh zu wissen, wo er war. Die Frage war nun eher, wann er war. Er richtete sich auf und schaute sich um. Jack war nirgendwo anders, als in seinem eigenen Schlafzimmer. Er war doch tatsächlich in seinem eigenen Bett erwacht. Rechts neben ihm stand eine Uhr, die 4:25 Uhr anzeigte. Zu seiner Erleichterung konnte er der Uhr auch das Datum entnehmen. Es war der 06.07.2007, der Tag, an dem er sein Manuskript abgab und danach die Klippen besuchte. Jack setzte sich auf die Bettkante und ließ seinen Kopf hängen. Er hatte die letzten Stunden sehr viel mitmachen müssen und hatte das Gefühl, keinen Schritt weitergekommen zu sein. Immer, wenn er auf neue Antworten hoffte, setzte sich seine Reise fort. Er fragte sich, was für eine Rolle er überhaupt in diesem ganzen Spiel übernahm. War er nur ein Statist, oder konnte er tatsächlich in seiner Position die Zukunft verändern? Eine interessante Frage, dachte sich Jack. Er würde es einfach bei Gelegenheit ausprobieren, sagte er sich. Und was wäre, wenn das alles nur ein ganz böser Traum wäre? Ist das alles real, erlebe ich das echt, oder ist das alles nur ein Traum, fragte sich Jack.

Auch dies würde er hoffentlich irgendwann einmal wissen, erhoffte er sich. Ein wenig benommen ging Jack ins Badezimmer, um sich zu duschen. Obwohl er zuletzt in einer Vision geduscht hatte, fühlte er sich jetzt wieder völlig durchgeschwitzt. An diesem Morgen duschte Jack ausgiebig und verlor sich regelrecht in seinen Gedanken. Er hatte tatsächlich noch einmal die Chance gehabt, Jasmin zu treffen. Im Nachhinein fand er dieses Treffen einfach wunderschön, denn er hätte nie gedacht, dass er sie noch einmal wieder sehen würde. Jack machte sich Gedanken über das zuletzt Erlebte. Er konnte sich bis zuletzt wirklich nicht mehr an den

Spiegel erinnern, auf dem das Wort „Wunder" stand. Hat dieses Ereignis nur in dieser Vision stattgefunden, oder hatte er damals keinen Kopf dafür gehabt, um es wichtig genug zu nehmen. Zufälle gibt es, dachte er sich, denn er hatte auch in seiner Kindheit sehr bewegende Erlebnisse in Verbindung mit seiner Murmel. Leider hatte er nicht mehr die Möglichkeit gehabt, Jasmin zu fragen, wie die Geschichte ausging, was er in diesem Moment sehr bedauerte. Ohne es wirklich zu wollen, hatte Jack plötzlich wieder die ganze Geschichte vor Augen. Es war eine tragische Geschichte, die er nie wieder vergessen konnte, obwohl Sie nun bereits 25 Jahre zurück lag. Jasmin hatte er über die Zeit kennen und lieben gelernt. Sie verstanden sich auf Anhieb, waren sich in vielen Dingen sehr ähnlich und hatten eine wunderbare Zeit.

Bis zu dem Tag, als ihm Jasmin genommen wurde. Es geschah im Herbst des Jahres 1982, als Jack auf tragische Art und Weise Jasmin verlor. Nichts zuvor deutete darauf hin, dass dieser Tag ihr letzter gemeinsamer Tag sein werden würde. An diesem Tag hatten sie vor, Jasmins Eltern zu besuchen, die in Kürze für ein paar Wochen in den Urlaub wollten.

Der Verkehr war ein wenig ruhiger als sonst,

was aber nichts Ungewöhnliches war in den Herbstferien. Sie fuhren an diesem Tag mit Jasmins Wagen, was eigentlich eher die Ausnahme war. Der zweite Unterschied bestand darin, dass an diesem Tag Jack das Steuer übernahm, da ansonsten Jasmin immer selbst mit ihrem eigenen Wagen fuhr. An diesem Tag ging es ihr morgens nicht so gut, so dass Jack gerne diesen Teil übernahm. Später sollte sich herausstellen, dass diese Entscheidung ihm das Leben rettete. Jasmins Eltern wohnten ca. 30 Minuten von ihrer Wohnung entfernt, was etwa 25 KM Entfernung ausmachte.

Das Wetter war an diesem Tag klar, trocken und sogar sehr sonnig. Die Temperatur befand sich auch noch in einem angenehmen Rahmen. Jack konnte sich noch genau daran erinnern, dass sich beide über den Computer unterhielten, der diesen September auf den Markt kommen sollte. Jack hatte schon längere Zeit mit großem Interesse die Entwicklung des C64 verfolgt, wobei Jasmin eher nicht davon begeistert war. Immerhin kostete dieser Computer eine Menge Geld, das sie sicherlich an anderer Stelle besser gebrauchen konnten. So kam es, dass sie sich fast auf dem gesamten Weg über diesen

Computer unterhielten. Jack war so sehr in das Gespräch vertieft, dass er die richtige Autobahnausfahrt glatt verpasste. Später fragte sich Jack sehr oft, was passiert wäre, wenn er die richtige Ausfahrt genommen hätte. Als sie die nächste Ausfahrt nahmen, gerieten sie in einen kleinen Stau, der bedingt durch eine Baustelle vorhanden war. Innerlich ärgerte sich Jack über die verpasste Ausfahrt, ließ sich dies aber nicht im Außen anmerken. So kam es, dass sie alleine 20 Minuten im Baustellenbereich verbrachten und noch einmal 20 Minuten extra benötigten, um wieder an die Ausfahrt zu gelangen, an der sie ursprünglich abbiegen wollten. Jasmin wirkte gelassen und sagte nur, dass man sich jetzt zwar aufregen könnte, es aber nichts ändern würde. Der Plan bestand darin, eine kleine Schleife zu fahren, damit sie die gleiche Autobahn in die andere Richtung nehmen konnten, um letztendlich die verpasste Ausfahrt zu erreichen. Alles andere hätte noch länger gedauert, da das Verkehrsaufkommen minütlich anstieg. Gerade als Jack wieder links auf die Autobahn abbiegen wollte, erschien wie aus dem Nichts ein Auto, das in ihren hinteren Teil des Wagens raste. Wie ein Wunder überlebte Jack damals diesen Unfall fast unbeschadet. Er hatte nur eine leichte Gehirnerschütterung und ein paar Kratzer, und Prellungen. Er wünschte sich, dass Jasmin auch solch ein Glück gehabt hätte. Jack konnte sich noch ganz genau an die Bilder des Unfalls erinnern, wollte sie aber zu diesem Zeitpunkt nicht schon wieder hoch kommen lassen, denn sie waren alles andere als schön. Wie aus einem Traum in einem Traum erwachte Jack plötzlich und schaute auf seine nassen Hände. Du bist ja am Duschen mein Freund und darauf solltest du dich jetzt konzentrieren, dachte er sich. Obwohl Jack schon sehr oft über den Unfall nachgedacht hatte und eine Zeit lang eine Therapie benötigte, um dieses Trauma besser verarbeiten zu können, ging es ihm erneut schlecht nach dieser Erinnerung. Nach dem Duschen zog sich Jack an und ging in die Küche, um sich einen Kaffee zu machen. Heute ist also der Abgabetermin meines Manuskriptes dachte er sich, als er sich den Kaffee einschenkte. Wie gewöhnlich waren die letzten Tage vor dem Abgabetermin immer ein wenig stressiger als die anderen. Es gab Tage, an denen Jack seitenweise schreiben konnte und auch diese Tage, an denen Jack vor einem weißen Blatt Papier saß und einfach nichts aus ihm heraus floss.

Jedes Mal, bevor Jack das Manuskript abgab, überflog er es noch ein letztes Mal, um eventuelle Korrekturen in der letzten Minute vornehmen zu können. So war es auch heute. Wie gewohnt, setzte er sich dafür in seinen bequemen Wohnzimmersessel und vertiefte sich noch ein letztes Mal in sein Manuskript. Irgendwann schaute Jack auf die Uhr und erschrak ein wenig, als er feststellen musste, dass es schon so spät war. Verdammt, dachte er sich, jetzt muss ich mich auch noch beeilen. Schnell zog er sich seine Schuhe an, schnappte sich sein Manuskript und verließ das Haus.

Direkt vor der Tür befand sich sein Parkplatz, auf dem sein Wagen schon auf ihn wartete. Jack schaute in den sonnigen Himmel und stieg in seinen Wagen. Auf den Beifahrersitz legte er den Umschlag, in dem sich sein neuestes Manuskript befand. 6 Monate hatte er an seinem letzten Buch gearbeitet und noch nie ist es ihm so schwer gefallen, wie dieses Mal. Dabei hatte er bereits 12 Bücher vollendet und die Hälfte davon verkaufte sich überaus gut. Er schaute auf die Uhr als er den Wagen anließ. Das würde er noch bis zum Verlag schaffen, dachte er sich und steuerte auf die Straße. Wie immer um diese Zeit, war auf den

Straßen die Hölle los. Er ärgerte sich ein wenig über sich selbst, weil er ausgerechnet diese Zeit ausgesucht hatte. Immerhin hatte er den ganzen Tag Zeit gehabt, um das Manuskript abzugeben. Allerdings war er froh, dass er es überhaupt noch geschafft hatte es fertigzustellen, denn heute war Stichtag.

Nach 30 Minuten Fahrt erreichte er das Verlagsgebäude und fand erfreulicherweise gleich einen Parkplatz. Am Empfang wurde er wie immer freundlich begrüßt.

Im Flurbereich hingen einige Plakate der Autoren, die der Verlag unter Vertrag hatte. Auch das Plakat zu seinem letzten Buch machte er aus. Jack drückte den Fahrstuhlknopf und schaute auf die Anzeige.

Nachdem Jack den Aufzug betrat, schlossen sich automatisch die Türen hinter ihm. Jack drückte die erwünschte Etage. Als der Fahrstuhl begann sich zu bewegen, spürte er ein leichtes Ruckeln. Für einen kurzen Augenblick schloss Jack seine Augen. In ihm kam ein komisches Gefühl hoch, so dass er sich an einem der im Aufzug befindlichen Haltegriffen festhalten musste.

Jack wurde es schwindelig und sogar ein wenig übel, so dass er sich setzen musste.

Der Aufzug fuhr weiter, bis er die erwünschte Etage erreichte.

Für einen kurzen Augenblick vernahm Jack einen weißen Blitz vor seinen Augen.

10

Er saß immer noch auf dem Boden des Aufzuges. Mittlerweile ging es ihm schon ein wenig besser. Mit einem „Bing" öffneten sich die Aufzugtüren und was Jack auf den ersten Blick sah, konnte er nicht fassen. Jack verließ den Aufzug und schaute sich ausgiebig um. Er befand sich plötzlich nicht mehr in dem Verlagsgebäude, sondern in einem Warenhaus. Jack ging ein paar Meter vorwärts, drehte sich im Kreis und schaute sich erneut um. Um ihn herum waren sämtliche Regale mit Kleidungsstücken bestückt. An Kleidungsständern hingen Jacken und Hosen. Langsam wurde ihm klar, wo er sich befand. Es war ein ihm bekanntes Warenhaus, in dem er ab und zu ein paar Besorgungen machte. Jack durchwühlte seine Hosentaschen und fand in einer Tasche einen Zettel mit einer Notiz. „12.04.1985 - 15 Uhr - bei meinen Eltern den Speicher entrümpeln."
Langsam kam ihm dieser Tag wieder in seine Erinnerung. Es war der Tag, an dem er in seinem Elternhaus half, seine alten und nicht mehr benötigten Sachen zu entsorgen. Plötzlich hatte er einen Geistesblitz.
Vielleicht könnte ihm seine Mutter etwas zu

seiner Murmel sagen?! Vielleicht war es ihm sogar möglich, die Murmel in seinen alten Sachen ausfindig zu machen? Jack wirkte augenblicklich ein wenig aufgeregt und erfreut zugleich.

„Kann ich Ihnen helfen, junger Mann?", fragte eine junge Verkäuferin.

Jack schaute die Frau an und schüttelte den Kopf.

„Nein, vielen Dank ich komme zurecht", sagte er freundlich.

Die Verkäuferin nickte ihm freundlich zu und ging weiter. Jetzt fiel ihm wieder ein, warum er überhaupt in diesem Warenhaus war. Er wollte seinen Eltern für den anstehenden Besuch noch etwas besorgen. Normalerweise hatte er seinen Eltern immer etwas Nützliches mitgebracht, doch heute entschied er sich dazu, einfach ein paar schöne Blumen mitzubringen. Jack näherte sich der Mitte dieser Etage, um die Rolltreppe erreichen zu können. Blumen gab es im Untergeschoss, gleich neben dem Tabak und Zeitungsladen. Dort konnte er zugleich schauen, welches Datum heute war, nur um sicher zu gehen. Unten angekommen, ließ sich Jack einen schönen bunten Blumenstrauß zusammenstellen, der seiner Mutter sicherlich gut gefallen würde. Als er diesen bezahlen wollte, zuckte er kurz zusammen, da sich seine Geldbörse nicht wie gewohnt in der linken Gesäßtasche befand. Ungewohnterweise trug er an diesem Tag seine Geldbörse in der anderen Gesäßtasche. Nach dem Bezahlen machte er sich sofort auf, um in dem Zeitschriftentladen nach dem Datum Ausschau zu halten. Es war also der 12. April 1985. Diese Zeitsprünge konnten ganz schön anstrengend sein, dachte sich Jack. Nachdem Jack das Warenhaus verließ, suchte er erst einmal geschlagene 30 Minuten nach seinem Fahrzeug, denn er wusste einfach nicht mehr, wo er es geparkt hatte. Als er sein Fahrzeug nach systematischem Absuchen endlich gefunden hatte, war er überaus erleichtert.

Es blieb ihm nicht mehr viel Zeit, denn als er auf seine Uhr schaute, zeigte diese bereits 14:13 Uhr an. Der Verkehr war an diesem Tag und um diese Uhrzeit nicht besonders dicht, was ihn heute besonders erfreute. Als er vor seinem Elternhaus parkte, wartete seine Mutter bereits vor der Tür auf ihn. Wie immer freute sie sich sehr darüber, ihn zu sehen.

Dies konnte er leicht in ihren Augen ablesen, die förmlich strahlten. Seitdem Jack ein wenig älter war, trafen sie sich nicht mehr so oft wie früher, denn Jack hatte einfach sehr viel zu tun. Jack stieg aus und schloss seinen Wagen ab. Danach ging er an die Rückseite seines Wagens, um aus dem Kofferraum die Blumen für seine Mutter zu holen.

Seine Mutter schritt auf ihn zu und lächelte ihn an und sagte zu ihm, dass sie sich freuen würde, ihn zu sehen. Er reichte ihr den Blumenstrauß mit einem Lächeln auf dem Gesicht und sagte zu ihr, dass die Blumen hoffentlich gefallen würden.

„Das wäre doch nicht nötig gewesen", antwortete seine Mutter.

Im Vorgarten standen bereits diverse alte Spielzeuge von Jack, die seine Eltern bereits herunter getragen haben mussten. Als Jack sich all diese Spielsachen anschaute und zu einigen immer noch eine starke Verbundenheit spürte, erinnerte er sich wieder an seine vermisste Murmel. In diesem Augenblick erschien sein Vater in der Haustür.

In seinen Händen hielt er einen Karton, der oben offen zu sein schien.

„Hallo Jack, wie geht es dir?", fragte er.

„Mir geht es gut. Wie immer richtig gut", sagte Jack mit einem Grinsen auf dem Gesicht.

Sein Vater stellte den Karton neben die anderen Sachen und Jack konnte es sich nicht verkneifen, einen flüchtigen Blick in den offenen Karton zu werfen.

„Komm doch erst einmal hinein", sagte seine Mutter.

Im Inneren des Hauses sah es wie immer sehr gepflegt aus. Jacks Mutter schien nichts anderes zu tun, als den ganzen Tag zu putzen und Staub zu wischen. Zumindest machte dies oft den Eindruck auf Jack. Bei ihm zuhause sah es meistens ein wenig ungepflegter aus.

„Möchtest du etwas trinken?", fragte seine Mutter und suchte im gleichen Augenblick nach einer passenden Blumenvase.

„Ja, ich hätte gerne ein Glas Wasser", sagte Jack. Seine Mutter füllte bereits eine schöne Vase mit Wasser, in die sie anschließend den Blumenstrauß stellte. Danach reichte sie Jack sein gewünschtes Wasser.

„Die Blumen schauen wirklich sehr schön aus", sagte sie und stellte die Vase auf den Küchentisch. Jack nickte ihr erfreut zu. In ihm schlummerte immer noch die Frage bezüglich seiner Murmel. Er schaute seine Mutter an und stellte ihr die Frage, ob er noch die Murmel bei seinen alten Sachen oben auf dem Speicher hätte, mit der er früher so oft gespielt hatte.

Seine Mutter schaute ihn fragend an und sagte:„Weißt du wirklich nicht mehr, was mit der Murmel ist?"

„Nein, sonst würde ich dich nicht fragen", sagte Jack. Im gleichen Augenblick erschien sein Vater in der Tür und fragte beide, ob sie nicht helfen wollten, die schwereren Gegenstände mit nach unten zu tragen, bevor es zu dunkel würde.

„Da hat dein Vater recht. Lass uns später darüber reden", sagt Jacks Mutter. Jack nickte und stand auf. Zusammen gingen sie nach oben auf den Speicher, der zum größten Teil schon leergeräumt war. Es befanden sich neben einigen Kartons noch ein Schrank, Jacks Kinderbett, einige Stühle, ein Tisch und eine Truhe auf dem Speicher. Jack fiel sofort die Truhe in die Augen. Er schritt auf sie zu und öffnete sie. Im Inneren befanden sich einige Spielautos und einige seiner Lieblings Kinderbücher aus vergangenen Tagen. In ihm kamen alte Gefühle hoch, fast schon dieselben, wie in seiner Kindheit, als er noch mit diesen Spielsachen spielte.

„Bist du hierhergekommen um zu spielen, oder um uns zu helfen?", fragte sein Vater grinsend. Jack lachte und antwortete in einem verspielten Ton, dass er natürlich nur zum

Spielen gekommen sei.

„Ein Buch werde ich mitnehmen und es demnächst noch einmal lesen, um zu sehen, ob es sich immer noch so anfühlt wie früher", sagte Jack.

„In Ordnung. Mach das. Doch lass uns endlich anfangen", sagte sein Vater.

Nachdem Jack ein wenig in der Truhe gewühlt hatte, fiel ihm sofort das Buch mit dem Titel „Licht und Schatten" in die Augen. Dieses Buch hatte er als Kind sehr gerne und sehr oft gelesen. Er hatte es geliebt, darin zu versinken. Jack nahm sich das Buch aus der Truhe und legte es an die Seite.

Danach machten sie sich gemeinsam an die Arbeit, um den Speicher leer zu räumen. Während sein Vater und Jack die schwereren, sperrigen Sachen nach unten trugen, nahm seine Mutter Leichtes und gut zu Transportierendes. Nach geschlagenen 2 Stunden war der Speicher völlig leergeräumt. Als letztes nahm Jack sein Buch und ging zurück zu seinen Eltern in die Küche. Seine Mutter hatte den beiden bereits Wasser bereitgestellt und fragte nun Jack, ob er noch mit ihnen Abendessen wollte. Im Normalfall hätte Jack nicht abgelehnt, da seine Mutter einfach wunderbar kochen konnte.

Da er sich nun in einer Rückblende, in einem Traum, oder sonst etwas befand, lehnte er ab. „Nehmt es mir nicht übel, aber ich habe gleich noch etwas vor", sagte Jack.

„Das ist aber schade. Das müssen wir unbedingt beim nächsten Mal nachholen", sagte seine Mutter.

„Einverstanden. Doch erzähl mir doch bitte, was mit meiner Murmel geschehen ist, bevor ich gehen muss", sagte Jack.

Jacks Mutter nickte.

„Das hatte ich schon wieder vergessen", sagte sie.

„Kannst du dich wirklich nicht mehr daran erinnern?", fragte sie erneut.

Jack schüttelte den Kopf.

„Ich möchte es kurz machen. Jack, du hast sie verloren", sagte seine Mutter.

„Wie verloren? Wann und wo?", fragte Jack.

„Wie ich sehe, hast du doch noch etwas Zeit für eine ausführlichere Erklärung", sagte seine Mutter.

„Ja, bitte. Ich möchte schon wissen, wie das geschehen konnte", sagte Jack.

Jacks Mutter fing an zu erzählen.

„Es ist schon komisch, dass genau das Geschenk, welches du an deinem Geburtstag bekamst und das scheinbar das kleinste war, für dich im Nachhinein das größte war."

„Du hattest sehr viel Spaß mit deiner Murmel und hast viele aufregende Dinge erlebt."

„Deine Murmel war eine Zeit lang dein ständiger Begleiter und zwar auf Schritt und Tritt."

„Irgendwann hast du mir erzählt, dass du mit dieser Murmel viele Dinge früher erkennen und vor allem beeinflussen konntest."

„Doch eines Tages bist du mit roten Augen aus der Schule zurückgekehrt."

„Du konntest deine Murmel einfach nicht mehr finden."

„Uns beiden war damals klar, dass du die Murmel nur auf dem Hin- oder Rückweg, oder in der Schule selbst verloren haben konntest."

„Deswegen sind wir zusammen den ganzen Weg abgegangen und haben nach der Murmel Ausschau gehalten."

„Selbst auf dem Schulhof haben wir gründlich an sämtlichen Orten nachgeschaut."

„Da du zu dieser Zeit immer gerne mit deinen Freunden auf dem Schulhof gespielt hast, vermute ich bis heute, dass du die Murmel dort verloren haben musst."

„Doch leider konnten wir deine Murmel nicht ausfindig machen."

„Selbst einen Ersatz für deine damals geliebte

Murmel wolltest du nicht annehmen."

„Du hast zwei Tage fast nur geweint und du hast mir in deiner Situation sehr leid getan, da ich mir so hilflos vorkam."

Jack erinnerte sich plötzlich, wie er mit seiner Mutter auf die Suche ging. Er erinnerte sich auch daran, dass er an diesem Tag mit seinen Freunden in der Nähe vor den von Jasmin erwähnten Gebüschen gespielt hatte. Schlagartig wurde ihm klar, dass die Murmel, die Jasmin fand, seine Murmel gewesen sein musste. Jack verspürte eine Gänsehaut, die seinen Rücken hinunter rannte.

„Ist alles in Ordnung?", fragte seine Mutter.

„Oh ja, es ist nur so, dass in mir einige Erinnerungen hoch kamen", sagte er.

„Ja, es ist nicht immer so schön, alte Erinnerungen vor Augen zu haben", sagt sie.

Nachdem Jack sein Glas Wasser austrank sagte er, dass er nun weiter müsste. Er bedankte sich noch einmal bei seiner Mutter für ihre aufschlussreiche Erzählung. Vor der Haustür drückte er seine Mutter noch einmal liebevoll und schüttelte seinem Vater zum Abschied die Hand.

„Macht es gut ihr Beiden. Bis demnächst und noch einen schönen Abend", wünschte er seinen Eltern.

Als Jack in seinem Wagen saß und die Zündung anließ, dachte er sich, dass er über das Geschehene noch einmal in Ruhe nachdenken müsste. Er schaute auf den Beifahrersitz, auf dem er zuvor sein Buch (Licht und Schatten) gelegt hatte und dachte sich, dass er auch dort noch einmal hineinschauen würde.

Um dies in Ruhe machen zu können, wollte er irgendwo in der Nähe parken, damit er ungestört blieb. Bevor er die Parklücke verließ, winkte er noch einmal seinen Eltern zu.

Jack fuhr anfangs einfach drauflos.

Irgendwann kam ihm die Idee, den Parkplatz des nahe liegenden Sees aufzusuchen.

Nach 10 Minuten Fahrt erreichte er den Parkplatz, der um diese Uhrzeit in der Regel kaum besucht war.

So war es auch heute, was ihn sehr erfreute. Mittlerweile war es schon dunkel geworden und Jack saß fast im Dunkeln. Lediglich die wenigen Straßenlaternen in der Gegend schenkten diesem Ort ein wenig Licht. Jack stoppte den Motor. Danach richtete er seine Rückenlehne etwas nach hinten, um es sich ein wenig bequemer zu machen. Jack dachte nach. Er hatte seine Murmel in der Kindheit verloren und allem Anschein nach wurde genau diese Murmel in Jasmins Hände gespielt.

Das klingt ganz schön verrückt, dachte er sich. Doch anscheinend war es so, da Jasmin ähnliche Erlebnisse mit ihrer Murmel gehabt hatte. Vielleicht würde er, vorausgesetzt dass es noch eine Rückblende geben würde, später noch die Gelegenheit bekommen, der Sache genauer auf den Grund zu gehen.

In der Rückblende, in der er sich nun befand, war Jasmin bereits tot und daher war es ihm nicht möglich, sie zu fragen.

Jack nahm das Buch, was er sich auf dem Speicher ausgesucht hatte und begann zu lesen.

11

„Licht und Schatten."

Es war einmal vor langer Zeit, da lebten zwei Pilze in einem schönen Wald. Diese zwei Pilze waren Brüder und hatten jeweils schöne weiße Flecken auf den roten Pilzköpfen. Der eine Pilz hatte fünf Punkte auf seinem Kopf und der andere Pilz besaß sieben Punkte. Der Pilz mit den fünf Punkten war sehr oft traurig und die meiste Zeit melancholisch. Im Gegensatz dazu war der Pilz mit den sieben Punkten immer gut gelaunt und sehr fröhlich. Gemeinsam hüpften sie durch einen sonnigen Wald, bis sie an einen Bach kamen, der ihren Weg durchquerte.

Der Pilz mit den fünf Punkten fing sogleich an zu meckern.

„Das schaffen wir nie."

„Da kommen wir niemals hinüber."

„Der ganze Weg war vergebens."

Der Pilz mit den sieben Punkten schaute sich um und fing an zu lachen.

Er war fröhlich wie zuvor, da ihn die Situation nicht gleich überforderte.

„Wir springen einfach in das Wasser und lassen uns ein Stück flussabwärts treiben."

„Das wird bestimmt Spaß machen und irgendwann werden wir automatisch auf der anderen Bachseite angespült."

Der Pilz mit den fünf Punkten schüttelte den Kopf und sprang mit Widerwillen in den Bach.

Der Pilz mit den sieben Punkten jubelte förmlich und sprang gleich hinterher. Nach einer aufregenden „Bachfahrt" erreichten sie das andere Ufer. Der Pilz mit den fünf Punkten schaute sich um und sagte sogleich, dass sie dort noch nie waren.

„Wir sind verloren und werden nie wieder zurückfinden", sagte er.

Der Pilz mit den sieben Punkten schaute ihn ein wenig entsetzt an und schüttelte mit dem Kopf.

„Es ist doch schön, einmal etwas Neues zu sehen. Möchtest du dich nur im Kreis bewegen und nicht die Chance bekommen, etwas Neues zu erleben?"

„Wir werden ganz sicher wieder zurückfinden. Das kann ich dir versprechen", fügte er noch hinzu.

Zusammen hüpften sie tiefer in den Wald, bis sie vor einem großen Baum stehen blieben.

Beide schauten nach oben in die Baumkrone, die sich weit über sie hinweg ausbreitete.

„Schau dir nur diesen beeindruckenden Baum an", sagte der Pilz mit den sieben Punkten.

Der Pilz mit den sieben Punkten erfreute sich

ersichtlich an diesem Meisterwerk der Natur. „Dieser Baum klaut allen umliegenden Pflanzen nur das Licht", erwiderte der Pilz mit den fünf Punkten.

„Und das ist nicht das Schlimmste. Stell dir nur vor, wie viel Wasser er benötigt, um in solch einer Pracht dastehen zu können", fügte er hinzu. Der Pilz mit den sieben Punkten konnte es wieder einmal nicht glauben, wie sein Bruder die Welt betrachtete. Zusammen hüpften sie weiter in den Wald, bis sie nach einer Weile an einen großen oval geformten Stein kamen, der zu einem Drittel im Boden steckte. Dieser Stein stand fast alleine in einem großen Waldabschnitt. Um ihn herum wuchs nur Gras, so dass der Stein die Sonne für sich alleine genießen konnte. Die Sonne neigte sich bereits dem Abend entgegen, so dass sie nicht mehr direkt über den beiden Pilzen stand. Der Stein warf einen langen geschmeidigen Schatten über das Gras. Beide Pilze schauten sich den Stein genau an.

„Ist es nicht schön, wie dieser Stein seinen Schatten über das Gras wirft", sagte der Pilz mit den sieben Punkten.

„Würdest du es schön finden, im Schatten zu liegen? Dieses arme Gras ist völlig abhängig von diesem Stein, der die Sonne für sich in

Anspruch nimmt. Findest du das gerecht?", fragte der Pilz mit den fünf Punkten.

Dem Pilz mit den sieben Punkten waren diese Antworten auf die Dauer ein wenig eintönig. Immer wenn er etwas Schönes entdeckte und darüber sprechen wollte, machte sein Bruder dies gleich zunichte, indem er nur das Gegensätzliche suchte.

„Mein Bruder, in allem ist Licht und Schatten. In allem ist das Gute und das Böse."
„Es kommt nur darauf an, worauf du deinen Blick richtest."
„Du kannst in allem Licht und Schatten sehen."
„Es ist lediglich eine Frage deiner Perspektive."
„Das, worauf du deine Aufmerksamkeit richtest, wirst du erleben und wird zugleich dein Leben ausmachen", sagte der Pilz mit den sieben Punkten.

Zusammen machten sie sich auf den Heimweg und der Pilz mit den fünf Punkten fluchte noch einige Male an diesem schönen Tag.

Und wenn sie nicht gestorben sind, dann hüpfen sie noch heute durch die Wälder.

Durch Licht und Schatten.

12

Jack klappte das Buch zusammen und legte es wieder auf den Beifahrersitz. Er schmunzelte innerlich, denn noch nie hatte er das Buch so empfunden, wie an diesem Tag. Als er noch ein kleiner Junge war und viel mehr auf die zahlreichen Bilder geachtet hatte, empfand er die eigentliche Botschaft nicht so, wie an diesem Tag. Sehr schön, dachte er sich. Es hatte sich tatsächlich gelohnt, noch einmal in dieses schöne Buch zu schauen. Jack richtete seinen Sitz wieder in die ursprüngliche Position, so dass er bequem fahren konnte. Draußen war es immer noch so dunkel, wie zuvor. Er war nach wie vor der Einzige auf dem Parkplatz. In seinem Rückspiegel konnte er in der Ferne ein Licht aufblitzen sehen, das näher zu kommen schien. Allem Anschein nach war es ein Fahrzeug, das diesen Parkplatz ansteuerte. Nun erkannte Jack genau, dass es sich bei dem Licht um die Scheinwerfer eines Fahrzeuges handelte. Jack schaute weiterhin in den Rückspiegel und es kam ihm so vor, als würde ihn langsam das gesamte Licht umgeben. Ihm kam es so vor, als würde sich wieder dieser Tunnel öffnen, in den er nicht nur einmal gefallen war. Ihm wurde ein wenig schwindelig und augenblicklich wandte er seinen Blick von seinem Rückspiegel ab. Doch auch von vorne raste ein grelles Licht auf ihn zu, was ihn zu umgeben schien. Vor ihm öffnete sich wieder der Tunnel, in den er zu fallen drohte. Es rasten wieder sehr viele Bilder auf ihn zu, bis er plötzlich ein Bild sah, was er zu gut kannte. Dieses Bild füllte noch nicht sein komplettes Blickfeld aus, dennoch erkannte er zu gut, was dieses Bild zeigte. Auf dem Bild war Jack zu sehen, wie er auf der Klippe stand. Doch nun sah er sich aus der Vogelperspektive. Wie in einem Film fuhr die Kamera auf ihn zu, die ihn im Fokus hielt.

Jack sah sich, wie er umdrehte und ein Stück die Klippe zurück ging. Dann sah er sich, wie er los rannte und über die Klippe sprang.

„Oh, nein. Ich will das nicht mehr", brodelte es plötzlich in Jack.

Doch es schien zu spät zu sein um etwas zu ändern, denn die Kamera fuhr auf den in die Tiefe stürzenden Jack und immer näher auf seinen Rücken zu, bis es eine Verschmelzung mit dem Gesehenen gab und Jack wieder aus seinen eigenen Augen den Fall erblickte. Und schon ging das Spiel weiter, indem sich in der Ferne ein dunkler Tunnel aufmachte, in den

Jack nun fiel. Es erschienen in der Ferne hell unterlegte Bilder seiner Vergangenheit.
Wie auch zuvor, erschienen diese zuerst sehr schnell, bis sich ein einziges Bild herauskristallisierte, welches langsam auf ihn zukam.

Jack erkannte das Bild, auf das er zufiel.
Es war die Beerdigung seiner geliebten Jasmin. Er hatte das Bild des offenen Grabes vor Augen, welches noch ein wenig weit entfernt schien. In dem offenen Grab lag der Sarg von Jasmin und Jack konnte diesen Anblick nicht mehr ertragen.

Jack schloss seine Augen und schrie aus ganzem Herzen.

„Ich will das nicht! Ich will das alles nicht!"

13

Jack schrie immer wieder. Eine dunkle Stimme sagte plötzlich zu Jack, dass er sich beruhigen sollte. Jack riss seine Augen auf und wusste im ersten Augenblick nicht, wo er war.

Er schaute sich um und musste feststellen, dass er sich in einem Polizeibüro befand.

„Wo bin ich hier?", fragte Jack erstaunt.

„Herr Bender, Sie sind immer noch in meinem Büro. Ist alles in Ordnung?", fragte der Polizeibeamte.

„Aber ich sollte doch ganz woanders sein", erwiderte Jack.

„Was ist mit Ihnen, Herr Bender? Vor einer Minute wirkten Sie noch sortiert und gefasst, doch nun machen Sie einen völlig verwirrten Eindruck auf mich", antwortete der Polizeibeamte.

„Es ist nur....."

Jack verkniff es sich auszureden, denn der Polizeibeamte hätte ihn sowieso nicht verstanden und nur für verrückt erklärt. Jack hatte eigentlich damit gerechnet, sich auf dem Friedhof wiederzufinden. Da er im letzten Augenblick vor dem Eintritt in das Bild seine Augen schloss, hatte sich das Bild im letzten Augenblick noch verändert, so dass er nun

überraschenderweise in einem Polizeibüro saß. Jack nahm sich ein wenig zusammen, da er den ersten Schock überwunden hatte.
Anders als angenommen, befand er sich nun in einem Polizeibüro und er wusste zu diesem Zeitpunkt nicht genau warum. Er würde es sicherlich gleich erfahren, dachte er sich.
„Was mache ich hier?", fragte Jack.
„Wissen Sie das wirklich nicht mehr, Herr Bender?", fragte der Polizeibeamte.
„Nein, ich weiß es wirklich nicht. Ich muss unter einem schweren Schock stehen, ansonsten kann ich mir meinen Aussetzer nicht erklären", antwortete Jack.
„Das wird es sein, Herr Bender. Aber es ist nur verständlich, dass Sie unter einem schweren Schock stehen, bei dem, was Sie zuletzt erleben mussten", sagte der Polizeibeamte.
Jack schaute auf den Tisch und entdeckte erst jetzt die Unterlagen, die vor ihm lagen. Ein flüchtiger Blick über die Papiere gab Jack genug Informationen um erkennen zu können, dass dieser Polizeibesuch nur etwas mit seinem schweren Unfall zu tun haben konnte, den er wie durch ein Wunder überlebte.
„Es geht um den Unfall, richtig?", fragte Jack.
„Ja, Herr Bender, es geht um den Unfall."

"Es geht um den Unfall, in dem Ihre Lebensgefährtin Jasmin um ihr Leben kam", fügte er hinzu. Jack musste schlucken, denn plötzlich hatte er die Bilder des Unfalls wieder vor Augen. An jenem Tag wurde ihm klar, wie schnell das Leben vorbei sein konnte. Jeder Augenblick könnte der letzte sein und dementsprechend wollte er zukünftig auch in seinem Leben handeln. Er wollte jeden Augenblick so erleben, als wäre er sein letzter. Schließlich lebt er im Hier und Jetzt, denn Vergangenheit und Zukunft sind lediglich Gedankenformen, die sich in unserem Kopf abspielen, dachte er sich.

„Ja, ich kann mich wieder erinnern", sagte Jack zu dem Polizeibeamten.

„Das ist gut, Herr Bender. Da bin ich ja beruhigt, dass es Ihnen wieder ein wenig besser geht und Sie sich erinnern können, worüber wir zuletzt sprachen", sagte der Polizeibeamte. „Ich kann mich zwar daran erinnern, warum ich hier bin, aber worüber wir im Detail gesprochen haben, weiß ich leider nicht mehr. Es ist fast alles weg. Ich habe nur noch Bruchteile vor Augen und möchte Sie bitten, die gestellten Fragen erneut zu stellen", sagte Jack.

„Kein Problem, Herr Bender. Wenn Sie sich in

der Verfassung fühlen, weitermachen zu können, würde ich gerne mit meinen Fragen fortsetzen. Das heißt, ich würde mit meinen Fragen erneut anfangen. Falls Sie sich schlecht fühlen und nicht in der Lage sind, dieses Gespräch fortzusetzen, macht dies auch nichts. Wir würden uns einfach zu einem späteren Zeitpunkt erneut treffen", sagte der Polizeibeamte.

„Es ist schon in Ordnung", antwortete Jack.

„Es ist mir auch ein wenig peinlich sagen zu müssen, dass ich selbst Ihren Namen vergessen habe", sagte Jack mit einem leicht erröteten Kopf.

„Kein Problem, Herr Bender, mein Name ist Bernard Frei."

Jack lächelte und bedankte sich bei dem Polizeibeamten.

Nachdem dies geklärt wurde, besprachen beide den Unfallhergang bis ins kleinste Detail.

Zu diesem Zeitpunkt war Jack sehr froh, dass zwischen dem ersten Erleben und dem zweiten Erleben des Unfalls, in dem er sich nun befand, ein wenig Zeit vergangen war.

So konnte er sich den nötigten Abstand schaffen, den er nun dringend benötigte.

Nach einer halben Stunde war der Polizeibeamte mit seinen Fragen durch.

„Herr Bender, wir wären dann mit den Fragen so weit", sagte er.

„Wenn Sie ein Taxi benötigen, können wir Ihnen gerne eins kommen lassen.

Zudem können Sie bei Bedarf die Gegenstände und Besitztümer, die noch im Unfallfahrzeug gefunden wurden, an sich nehmen.

Dazu benötige ich eine Unterschrift auf diesem Formular. Anderenfalls werden diese Gegenstände entsorgt", fügte er noch hinzu.

Jack überlegte kurz und entschloss sich dafür, die Gegenstände an sich zu nehmen.

Immerhin könnte sich bei diesen Gegenständen auch seine ersehnte Murmel befinden.

„Ja, ich möchte bitte die Gegenstände an mich nehmen und wäre Ihnen dankbar, wenn Sie mir ein Taxi bestellen könnten", sagte Jack.

„Kein Problem, Herr Bender. Damit Sie Ihre Gegenstände auch erhalten, fülle ich Ihnen nun dieses Formular aus, mit dem Sie unten am Schalter Ihre Gegenstände ausgehändigt bekommen.

Das Taxi bestelle ich Ihnen auch gleich. Es wird vor der Tür auf sie warten und in 10 Minuten vor Ort sein", fügte der Polizeibeamte noch hinzu. Nachdem Herr Frei das Formular ausgefüllt hatte, überreichte er es Jack.

Beide verabschiedeten sich mit einem Händedruck. Jack verließ das Büro und musste sich erst einmal auf dem Flur orientieren. Er befand sich im zweiten Obergeschoss und suchte das Treppenhaus. Mit dem Aufzug wollte er an diesem Tag unter keinen Umständen fahren, um der nächsten Vision aus dem Wege zu gehen. Er wollte unbedingt die Gegenstände an sich nehmen, die Jasmin noch bis zuletzt bei sich trug. Auf der rechten Seite befand sich das Treppenhaus und nach unzähligen Stufen gelangte Jack ins Erdgeschoss. Im Eingangsbereich war recht viel los, so dass Jack noch etwa 5 Minuten warten musste, bis er vor den Schalter treten konnte. Er legte das ausgefüllte Formular in das dafür vorhandene Fach, so dass der Beamte es an sich nehmen konnte. Nach einer kurzen Zeit kam der Beamte mit einem Paket für ihn zurück.

„So, Herr Bender, hier sind Ihre erwünschten Sachen. Bitte unterschreiben Sie hier unten, dass Sie diese Sachen erhalten haben. Das wäre dann auch schon alles", fügte er noch hinzu.

Jack nahm das Paket an sich, was nicht sonderlich groß war. Er war sehr gespannt, was sich in diesem Paket alles befand.

Allerdings wollte er erst in völliger Abgeschiedenheit hineinschauen. Als Jack durch die Fenster im Eingangsbereich schaute, sah er das Taxi bereits vor der Tür warten. Jack griff sich das Paket und verließ das Gebäude. Der Tag war sehr sonnig und hell. Da er unter keinen Umständen nachhause wollte, überlegte er sich, wohin er fahren könnte. Jack ging auf das Taxi zu und öffnete die Wagentür. Danach schaute er den Fahrer fragend an. Dieser ließ nicht lange auf sich warten und fragte Jack, ob er Herr Bender sei. Jack nickte und und stieg ein.

„Wo darf es denn hingehen?", fragte der Taxifahrer.

„Das ist eine gute Frage", erwiderte Jack.

„So genau weiß ich das auch noch nicht. Was halten Sie davon, wenn Sie einfach losfahren und wir uns ein wenig vom Stadtverkehr fernhalten?", ergänzte Jack.

„Ok, dass machen wir. Wenn Sie wissen, wohin Sie wollen, können Sie mir immer noch Bescheid sagen", antwortete der Taxifahrer und startete den Motor.

Eine Zeit lang fuhren sie ziellos durch die Stadt, bis Jack blitzartig in den Sinn kam, dass er doch zusammen mit Jasmin zu Jasmins Eltern wollte. Auch wenn es ihm ein wenig schwer fiel, wollte er Jasmins Eltern anrufen und ihnen schildern, was zuletzt geschehen war.

„Könnten Sie bitte an einer Telefonzelle anhalten, ich müsste dringend telefonieren", sagte Jack zu dem Taxifahrer.

„In Ordnung, dass mache ich. Soll ich so lange auf Sie warten?", fragte der Taxifahrer.

„Ja, bitte warten Sie so lange auf mich. So lange wird es nicht dauern," sagte Jack.

Der Taxifahrer steuerte die erste Telefonzelle an, die sich auf dem Weg befand. Vor der Telefonzelle konnte der Taxifahrer problemlos parken und warten. Jack stieg aus und ging auf die Telefonzelle zu. In seiner Geldbörse suchte er nach Kleingeld, was er auch fand.

Jack wählte die Nummer von Jasmins Eltern und wartete. Nach einer gewissen Zeit meldete sich Jasmins Mutter. Es war deutlich zu hören, dass sie zuvor noch geweint hatte. Die Polizeibeamten mussten sie schon längst informiert haben, dachte er sich.

„Jack, wie geht es dir?", fragte sie mit einer schluchzenden Stimme.

„Nicht so gut, wie du dir sicherlich vorstellen kannst", antwortete Jack.

„Das was geschehen ist, tut mir unsagbar leid", fügte er noch hinzu.

„Das hast du mir eben schon alles erzählt Jack.

Uns allen geht es so, doch nun ist es zu spät, um etwas ändern zu können. Bitte mach dir keinen Vorwurf", sagte Jasmins Mutter.

Jack dachte nach. Hatte er schon einmal angerufen?, fragte er sich selbst.

„Bitte verzeih mir das, aber ich bin völlig durcheinander. Ich komme gerade von der Polizeistation, wo ich auch schon ein Blackout hatte", antwortete Jack.

„Das kann ich mir vorstellen. Es ist nicht so einfach zu verstehen, was passiert ist. Für uns alle nicht. Bitte nimm dir etwas Zeit und lass uns morgen noch einmal telefonieren. Wäre das für dich in Ordnung?", fragte Jasmins Mutter.

Jack stimmte zu und verabschiedete sich.

Nach dem Telefonat stieg Jack wieder in das Taxi, das immer noch, wie vereinbart, auf ihn wartete.

„Das ging ja wirklich recht schnell", sagte der Taxifahrer und ließ den Motor an.

Jack nickte und die Fahrt ging weiter. Nach einer Weile schaute er aus dem Fenster und konnte erkennen, dass sie längst die Stadt verlassen hatten. Der Taxifahrer schaute ihn an und fragte ihn sogleich, ob er nun wüsste, wohin er wollte. Jack wusste es immer noch nicht und er konnte sich auch nicht daran erinnern, was er an dem Tag gemacht hatte, an dem er dies alles schon einmal erlebt hatte. „Kennen Sie einen schönen abgelegenen Ort, an dem ich für eine gewisse Zeit lang allein sein könnte?", fragte Jack.

„Aber natürlich! Einen sehr schönen sogar. Dort bin ich auch ab und zu, wenn ich etwas Ruhe brauche. Lassen Sie sich überraschen, wir sind schon auf dem Weg dort hin", sagte der Taxifahrer mit einem Lächeln auf seinem Gesicht.

14

Jack war sehr darauf gespannt, wohin ihn der Taxifahrer fahren würde. Umso überraschter war er, als sie die Küstenregion erreichten.

Jetzt bin ich mal gespannt, wohin er mich bringt, dachte sich Jack. Er konnte es kaum glauben, als der Taxifahrer in der Nähe der anliegenden Klippe anhielt. Jack schaute den Taxifahrer ein wenig entsetzt an und fragte ihn, ob sie angekommen seien.

Der Taxifahrer lächelte und nickte.

„Ist es hier nicht wunderbar?", fragte der Taxifahrer.

„Gleich da vorne ist eine hohe Klippe, auf die Sie unbedingt einmal steigen sollten, um die wunderbare Aussicht zu genießen", fügte er hinzu.

Jack erinnerte sich schlagartig.

Ihm wurde plötzlich klar, dass er diese Klippe, von der er zuletzt gesprungen war und weswegen er alles noch einmal durchlebte, tatsächlich damals von diesem Taxifahrer vorgeschlagen bekommen hatte. Nun stehe ich schon wieder hier, sagte sich Jack innerlich.

Jack überlegte einen Augenblick, ob er überhaupt hierbleiben wollte und entschied sich dann dafür, die Klippe zu besuchen.

„Ja, es sieht hier wirklich wunderbar aus. Vielen Dank für Ihren Tipp", sagte Jack. „Keine Ursache, gerne geschehen", antwortete der Taxifahrer mit einem zufriedenen Lächeln auf dem Gesicht. „Soll ich Sie später wieder abholen? An diesem Ort kommt äußerst selten ein Taxi vorbei", sagte der Taxifahrer. „Das wäre wohl das Beste. Bitte kommen Sie mich in 2 Stunden wieder an dieser Stelle abholen", sagte Jack. Nachdem Jack den Taxifahrer bezahlte hatte, nahm er sein Paket und stieg aus. Der Taxifahrer musste mühsam drehen, um aus dieser Sackgasse herauszukommen. Jack schaute dem Taxi hinterher, das langsam kleiner wurde und letztendlich am Horizont verschwand. Er drehte sich um und schaute auf die Klippe, die noch einen kleinen Fußmarsch entfernt lag. Er spürte, wie eine Gänsehaut auf seinen Schultern entstand und langsam wie ein Wasserfall seinen Rücken herunter lief. Jack machte sich auf den Weg. Obwohl zwischen dem letzten Besuch und dem jetzigen Jahrzehnte lagen, hatte sich dieser Ort kaum verändert. Es gab Orte, die immer gleich blieben, wobei der Rest drumherum sich anscheinend ständig veränderte.

Mittlerweile war Jack am unteren Ende der Klippe angekommen und schaute sich den steilen Aufstieg nach oben an. Willst du wirklich nach oben klettern?, fragte er sich selbst. Seine innere Stimme sagte ihm, dass er dies unbedingt tun sollte um erleben zu können, wie es sich anfühlt. Jack schaute in den Himmel und bemerkte erst jetzt, dass es schon langsam dunkel wurde. Er machte sich auf den Weg nach oben. Wie immer kämpfte er sich durch verschiedene Pflanzenarten, um überhaupt oben ankommen zu können.

Erstaunlicherweise sah der Trampelpfad genauso zertrampelt aus wie zuletzt, was immerhin 20 Jahre danach war. Es mussten hier einige Leute in regelmäßigen Abständen hoch und runter gehen, dachte er sich, obwohl er hier noch nie jemanden getroffen hatte.

Jack kam ein wenig erschöpft am oberen Ende der Klippe an und schaute in die Ferne auf das Meer. Danach setzte er sich an den vorderen, sicheren Bereich der Klippe und stellte das Paket neben sich ab. Nun war es an der Zeit, endlich hineinzuschauen, dachte er sich. Jack war ein wenig aufgeregt, da er hoffte, Jasmins Murmel zu finden. Vorsichtig öffnete er das Paket und warf einen ersten Blick hinein.

Im Paket befand sich Jasmins Handtasche,

ihre Geldbörse, ihre Uhr, die auf dem Glas nun schwere Schrammen besaß und ihre Halskette, die sie zuletzt von ihrer Mutter geschenkt bekam. Bei dem Gedanken daran, Jasmins Gegenstände zu durchsuchen überkam Jack ein mulmiges Gefühl. Doch um einen Schritt weiter zu kommen, musste er dies wohl tun. Jack erinnerte sich daran, dass er schon damals, als er dies alles schon einmal erlebt hatte, ein ähnliches Gefühl verspürte. Er konnte sich bislang nicht daran erinnern, ob sich Jasmins Murmel bei ihren Sachen befand. Jack nahm sich als erstes ihre Geldbörse vor.

Außer seinem Bild, ihren Ausweis, einige Karten und ein wenig Bargeld fand er nichts. Er Griff nach ihrer Handtasche und öffnete sie. In ihr sah es ein wenig wüst aus. Jack wusste nicht, ob dies durch den Unfall geschehen war, oder ob Jasmins Handtasche immer so ausschaute. Um es sich ein wenig einfacher zu machen, kippte er den gesamten Inhalt in den Karton. So war es ihm einfacher, den Überblick zu bewahren und das zu finden, wonach er suchte. Nachdem Jack ein wenig die im Paket liegenden Gegenstände sortierte, zuckte er leicht zusammen.
Da lag sie vor ihm!

Jasmins Murmel, die mit großer Wahrscheinlichkeit einst seine Murmel gewesen war. Jack starrte sie einfach nur an. Minuten vergingen, bis Jack es sich wagte, sie zu berühren. Er packte sie zwischen seinem Daumen und seinem Zeigefinger und hielt sie in Richtung des Sonnenuntergangs.

Auf den ersten Blick erschien Jack nichts außergewöhnliches an ihr aufzufallen.

„Wegen dir mache ich mir also den ganzen Stress", sagte er sich.

„Dann wollen wir mal sehen, was du kannst und ob sich all die Mühe gelohnt hat", fügte er noch hinzu.

In seiner Kindheit konnte er anhand seiner Murmeln zu jeder Zeit das Wetter verändern. Dies wollte er jetzt noch einmal wiederholen um zu testen, ob er sich dies nicht einfach nur alles eingebildet hatte. Schließlich haben Kinder eine sehr große Fantasie und sehen die Welt mit völlig anderen Augen als Erwachsene, dachte er sich. Jack schmunzelte, denn plötzlich kam ihm eine Geschichte in den Sinn, die sein Opa sehr gern erzählt hatte.

Warum er ausgerechnet jetzt an diese Geschichte denken musste und in welchem Zusammenhang sie mit dieser Situation stand, konnte er sich auch nicht erklären.

15

Es waren einmal zwei Murmeln, die nebeneinander im Sand lagen.
Die weiße Murmel sagte:
„Ich möchte so gerne, dass mit mir oft gespielt wird."
„Ich möchte jedes Spiel gewinnen."
„Ich möchte, dass mein Besitzer mit mir sehr viel Freude hat."
„Ich möchte in der Welt herumkommen und an diesen Erfahrungen wachsen."
So kam es, dass die weiße Murmel fast jedes Spiel gewann.
Die Schwarze Murmel sagte:
„Ich weiß nicht, ob das sicher genug ist, wenn mit mir gespielt wird."
„An mir können Ecken abplatzen, wenn ich auf andere Murmeln treffe."
„Ich kann völlig zerkratzt werden, wenn ich oft benutzt werde."
„Das ist mir alles nicht sicher genug."
„Ich warte, bis es irgendwann einmal sicherer erscheint."
So kam es, dass die schwarze Murmel in einer Spielzeugkiste in Vergessenheit geriet, während die weiße Murmel noch bis heute zum Spielen benutzt wird.

16

Jack schmunzelte innerlich.

Wie recht die weiße Murmel doch hatte.

Wer Leben möchte, sollte sich am Leben beteiligen und sich nicht wegschließen, dachte er sich. Natürlich kann es da zu Kratzern und sonstigen Blessuren kommen, doch ohne diese Erfahrungen ist es schlecht zu erkennen, wer man eigentlich ist, dachte sich Jack.

Wie passend dachte er sich, denn genau an solch einem Wendepunkt hatte er sich eine ganze Zeit lang befunden, bis er sich dazu entschied, seinem Leben ein Ende zu bereiten. Nach all diesen Rückblenden empfand Jack ein wenig anders und zweifelte mittlerweile schon an seiner Entscheidung. Doch was könnte er tun? Denn immerhin ist er bereits gesprungen und befindet sich im freien Fall.

Vielleicht war er auch bereits tot?

War es nicht sein innigster Wunsch, der ihn dazu getrieben hatte, von der Klippe zu springen? Natürlich war er das, sonst hätte er es sich sicherlich anders überlegt. Jack kam die Murmel wieder in den Sinn. Er wollte doch testen, ob diese Murmel wirklich so magisch ist, wie er sie aus seiner Kindheit in Erinnerung hatte. Jack hielt die Murmel zwischen Daumen

und Zeigefinger in Richtung des Horizonts.
Es war schon sehr dunkel, doch der Himmel erschien noch ein wenig rot, so dass er noch durch die Murmel hindurch schauen konnte.
Der Himmel war so gut wie wolkenlos.
Nur an ein paar Stellen waren kleine Wolken auszumachen.

„So! Meine liebe Murmel, ich wünsche mir, dass du den Himmel mit Wolken bedeckst", sagte er.
Jack wartete, so wie er es auch in seiner Kindheit immer tat. Die Minuten vergingen und nichts geschah. "Dann habe ich mir das wohl alles nur eingebildet", sagte er sich innerlich.
„Jasmin muss es genauso ergangen sein wie mir."
„Auch sie muss sich getäuscht, oder völlig anders empfunden haben, als es wirklich war", sagt er zu sich.
Jack war sehr enttäuscht und verspürte plötzlich eine tiefe Müdigkeit. Er fühlte sich bestätigt in seinem Denken, dass es nichts Magisches oder Übernatürliches geben würde. Ein wenig bedrückt schaute er auf den Boden. Erst jetzt vernahm er wieder das Meeresrauschen, was aus der Ferne zu ihm drang. Jack stand auf und schaute auf das Meer. Das ergibt doch alles keinen Sinn, sagte

er sich. Er schaute seine Murmel an, die er nun in seiner Hand hielt. Jack schüttelte den Kopf, nahm die Murmel und warf sie über die Klippe. Augenblicklich verspürte Jack, wie er weiche Knie bekam.

In der Ferne konnte Jack wieder Bilder erkennen, die auf ihn zukamen.

Wie immer erschienen anfangs sehr viele Bilder, bis sich letztendlich ein einziges großes Bild herauskristallisierte.

Jack erschrak, als er dieses Mal das große Bild vor seinen Augen hatte.

Es erschien ihm plötzlich so endgültig, denn auf dem Bild war nichts anderes zu sehen, als sein Sprung in die Tiefe.

17

Jack riss seine Augen weit auf und schaute entsetzt auf das, was vor ihm lag. Das beängstigende Steinriff, auf welches er Hals über Kopf zuraste. Jack blieb keine Zeit mehr zum Nachdenken und sein einziger Gedanke, der sein Denken dominierte, war ein klares „NEIN".

Er wollte gerade wieder seine Augen schließen, denn er verspürte tief in seinem Inneren, dass dies nun sein Ende sein würde, als plötzlich links neben ihm etwas auftauchte.

Alles passierte unglaublich schnell, so dass Jack nur einen Bruchteil einer Sekunde Zeit hatte, um zu reagieren. Dennoch erkannte er, was neben ihm nach unten raste und gleich mit ihm am Riff zu zerschellen drohte. Es war nichts anderes als seine Murmel, die er eben noch in seiner Rückblende von der Klippe geworfen hatte. Reflexartig reagierte Jack und griff nach ihr. Es war seine letzte Hoffnung, an die er sich zu klammern versuchte.

„WIND", war sein einziger Gedanke.

Zwischen Jack und dem tödlichen Riff lagen nur noch ein paar Meter, bis plötzlich wie aus dem Nichts eine starke Windböe von den Klippen aus hervorging. Die Windböe war so stark, dass sie Jack in die Richtung des Meeres trieb und ihn dabei ein paar Mal durch die Luft wirbeln ließ. Wie durch ein Wunder schleuderte er um Haaresbreite an dem tödlichen Steinriff vorbei und wurde mit voller Wucht ins Meer geschmissen.

Glücklicherweise hatte ihn die Windböe so gedreht, dass er mit den Füßen zuerst ins Meer tauchte. Es war ein harter Aufprall und die Wogen des Wassers spritzten meterhoch in den Himmel. Jack tauchte unter und konnte es noch nicht fassen, dass er wie durch ein Wunder überlebt hatte. Er verlor die Orientierung und strampelte wie verrückt, um wieder an die Wasseroberfläche zu gelangen. Als er nach oben schaute, konnte er den hellen Schein des Mondes durch das Wasser erkennen. Er strampelte und ruderte, bis er endlich die Wasseroberfläche erreichte und sogleich einen tiefen Atemzug nahm. Nicht weit von ihm konnte er das Steinriff ausmachen. Etwas weiter rechts verloren sich die Steine im Sand, so dass Jack an dieser Stelle das Land betreten konnte. Er steuerte dieses ersehnte Stückchen Land an und schwamm los. Viel Kraft besaß er nicht mehr und er hoffte, dass seine Kraft noch reichen würde, um das ersehnte Land wieder unter den Füßen spüren zu können.

Jack schafft es mit letzter Kraft, das Land zu erreichen. Er kroch auf allen Vieren ein Stückchen weiter weg vom Wasser, um in Sicherheit zu gelangen. Völlig erschöpft brach er zusammen und rollte sich auf seinen Rücken ab, so dass er nun in den klaren Sternenhimmel schaute. Jack atmete tief durch und schloss seine Augen. Nach einer Weile öffnete Jack seine Augen und schaute sich um. Er wusste nicht, wie lange er dort gelegen hatte. Seine größte Angst war in diesem Augenblick, dass er wieder in eine Rückblende gelangen könnte. Er wollte einfach nur noch leben und zwar in der Gegenwart. So sehr wie jetzt hatte er sich noch nie nach seinem Leben gesehnt.

Wie es schien, befand er sich noch im richtigen Zeitabschnitt, dachte er sich. Beruhigt und erleichtert kniete er sich hin, um aufstehen zu können. Stehend schaute er sich um, in der Hoffnung, einen Weg zu entdecken, der ihn vom Meer wegführen würde. Auf den ersten Blick konnte er keinen Ausweg erkennen. Erst jetzt fiel ihm wieder seine Murmel ein, die ihm wie durch ein Wunder das Leben gerettet hatte.

In seinen Händen hielt er sie nicht mehr. Er musste sie bei dem Versuch, sein Leben zu retten, losgelassen haben. Jack drehte sich dem Meer entgegen und betrachtete es.

Irgendwo dort unten musste nun sein Lebensretter liegen. Innerlich bedankte er sich noch einmal für die Hilfe seiner Murmel, an der er zuletzt so gezweifelt hatte. Jack war unbeschreiblich glücklich, dass er überlebt hatte und auch darüber hinaus, dass seine Erlebnisse aus seiner Kindheit nicht alle nur reine Einbildung gewesen waren. Er machte sich auf den Weg und schaute an den hohen felsigen Wänden hinauf, die ihn nun scheinbar umschlossen. Irgendwo müsse es die Möglichkeit geben, diesem Gefängnis zu entkommen, dachte er sich. Nach 30 Minuten Fußmarsch erreichte Jack ein etwas tiefer gelegenes Gebiet, an dem er problemlos aufsteigen konnte. Mittlerweile fühlte er sich richtig durchfroren, denn er war immer noch bis auf die Knochen nass. Er stieg den sandigen Hang hinauf, um sich einen Überblick zu verschaffen. Jack wusste nicht genau, wo er sich befand und er konnte nur ahnen, in welche Richtung er gehen musste, um wieder an seinen Wagen zu gelangen.

Es war ihm egal. Ja, es war ihm alles egal. Immerhin lebte er, wofür er sehr dankbar war. Jack kämpfte sich durch die unzähligen Pflanzen, bis er schließlich in der Ferne einen Weg ausmachen konnte. Wie vermutet, führte dieser Weg zurück zur Klippe, wie Jack nach einer Weile feststellen durfte. Nie wieder würde er diese Klippe besuchen wollen, dachte er sich. Irgendwie verspürte er Angst bei dem Gedanken daran, diesen Ort noch einmal zu besuchen. Jack drehte sich in die andere Richtung, in der sein Wagen stehen musste.

Er machte sich auf den Weg zu seinem Fahrzeug, da sein sehnlichster Wunsch nun eine warme Decke war. Noch nie zuvor hatte er sich so gefreut, seinen Wagen zu erblicken.

Jack rannte auf sein Fahrzeug zu, schloss seine Wagentür auf und setzte sich hinein. Er atmete noch einmal tief durch, bevor er den Wagen startete und sich auf die Heimreise machte.

18

Mittlerweile waren zwei Wochen vergangen und Jack steckte wieder aktiv in seiner vertrauten Routine. Doch etwas war anders als früher, denn das Geschehene hatte Jack zutiefst berührt und verändert. Das Geschehene würde Jack niemals vergessen und er würde so oft wie möglich daran denken, denn es hatte in ihm seine Lebenslust wieder erweckt. Seine Wohnung hatte er zum größten Teil umgestellt und neu dekoriert, um ein Zeichen zu setzen, welches einen Neustart symbolisieren sollte. Über das Geschehene hatte Jack bisher noch mit keiner Menschenseele gesprochen. Wer sollte ihm diese Geschichte auch abnehmen, die für einen Außenstehenden ziemlich verrückt klingen musste.

Deshalb hatte sich Jack entschlossen, sein nächstes Buch enger an dieses Thema anzulehnen, um einen Teil seiner Gedanken an andere Menschen weitergeben zu können.

Er hatte bereits mit seinem neuen Buch begonnen und es schien nur so aus ihm heraus zu sprudeln, denn er hatte bereits ein Drittel fertig verfasst. Lange würde es dieses Mal nicht dauern, bis er sein Buch fertig verfasst hatte, was sicherlich auch seinen Verlag erfreuen würde. Jack schaute aus dem Fenster in den Himmel, an dem sich heute kleine rundförmige Wolken gebildet hatten.

Er konnte sich sein Grinsen nicht verkneifen und senkte seinen Blick wieder auf sein Manuskript.

Dieses Mal würde sein Roman mit mehr Liebe auskommen müssen, dachte er sich und schrieb weiter...

Außerdem als Buch erhältlich:

KernGedanken

Energie Orakel

Kraftperlen

Weitere Informationen zu meinen Büchern und anderen Produkten finden Sie auf meiner Webseite.

www.M7-Seven.de

Michael Kern

KernGedanken

**Dieses Buch wird
für immer Ihr
Leben verändern.**

Es sei denn, es ist nicht so...

KernGedanken

KernGedanken ist kein Buch, das gefallen
möchte und gibt unverblümt
die Gedanken des Autors wieder.
Es werden etliche Themen besprochen und
durchdacht, welche unser Menschsein
wahrhaftig ausmachen.
Dieses Buch möchte Sie nicht unterhalten,
sondern Sie dazu anzuregen völlig umzudenken.

KernGedanken ist ein Buch, welches Sie lieben
werden, oder aus Wut in die Ecke schmeißen könnten.

Dieses Buch wird Ihr Leben verändern.
Es sei denn, es ist nicht so...

118

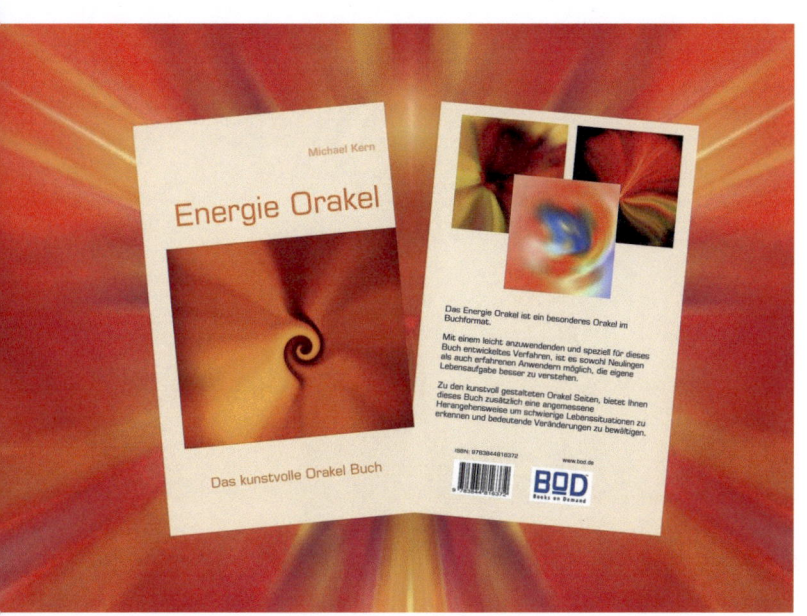

Das Energie Orakel ist ein besonderes
Orakel im Buchformat.

Mit einem leicht anzuwendenden und speziell für
dieses Buch entwickeltes Verfahren, ist es sowohl
Neulingen als auch erfahrenen Anwendern möglich,
die eigene Lebensaufgabe besser zu verstehen.

Zu den kunstvoll gestalteten Orakel Seiten bietet
Ihnen dieses Buch zusätzlich eine angemessene
Herangehensweise, um schwierige Lebenssituationen
zu erkennen und bedeutende Veränderungen
zu bewältigen.

Manchmal reicht es aus, einen inspirierenden Satz zu
lesen, um das eigene Leben aus einer völlig neuen
Perspektive betrachten zu können.

Dieses Buch bietet Ihnen die Möglichkeit,
neue Ansätze für Ihr Leben zu finden.

Auf jeder Seite finden Sie eine Weisheit zu
einem ausgewählten Kunstwerk.

Ich lade Sie ein, sich inspirieren zu lassen
von der Energie dieser Kraftperlen.